由縁《ゆかり》の月

立場茶屋おりき

今井絵美子

時代小説文庫

角川春樹事務所

目次

由縁《ゆかり》の月

幾千代《いくちよ》が南本宿《みなみほんしゅく》の料理屋菊水《きくすい》を出ようとすると、階段を下りて来た菊丸《きくまる》が声をかけてきた。

「ちょいと、幾千代さん、急ぐかえ？」

幾千代が怪訝《けげん》な顔をして振り返る。

「いや、今宵《こよい》のお座敷はすべて終わったんで、あとは家に帰るだけだがね……」

「だったら、そこら辺りで一杯どうだえ？」

菊丸が指で猪口《ちょこ》を空《あ》ける振りをする。

菊丸が幾千代を誘《さそ》うとは、珍しいことがあるものである。

「いいけど、一体、どこに行こうっていうのさ」

「それがさ、北本宿《きたほんしゅく》に先月出来たばかりのちょいと気の利《き》いた小料理屋があってさ！魚新《うおしん》っていうんだけど、なかなか小洒落《こじゃれ》た料理を出すんだよ。あっ、知ってたかえ？」

菊丸はもうすっかりその気のようで、下足番《げそくばん》が差し出した草履《ぞうり》を履《は》くと、目まじしてみせた。

「いや、知らないけど……」

「それがさァ、驚くなかれ、そこの板頭《いたがしら》が……。いや、現在《いま》、言うのは止《よ》しておこう。行ってからのお愉《たの》しみが減《へ》っちまう……」

「なんだえ、言いかけて止めるなんて！　あちしの知っている男かえ？」

「だから、それは行ってからのお愉しみ！」

菊丸が下足番に会釈《えしやく》して、玄関を出て行く。

幾千代は慌てて外で待っていた箱屋《はこや》の三千蔵《みちぞう》に三味線《しやみせん》箱《ばこ》を渡すと、先に戻っていておくれ、と目まじした。

「へっ、じゃ、三味《しやみ》線を猟師町《りようしまち》に届けておきやすんで……」

「お半《はん》にあちしは少し遅くなると伝えておくれ。あっ、夜食はいいからともね……」

「へい、解《わか》りやした」

三千蔵が三味線箱を手に去って行く。

「さっ、行こうか！」

菊丸が促《うなが》す。

菊丸は地唄《じうた》、常磐津《ときわず》を得意とする芸者である。

歳《とし》は幾千代より三つ四つ年上と思うので、五十路《いそじ》半《なか》ばであろうか……。

三味線を得意とする幾千代同様、五十路を過ぎても未《いま》だにお座敷にはなくてはならない存在なのである。

菊丸は行合橋《ゆきあいばし》を目掛けて歩いて行った。

目黒川《めぐろがわ》に架《か》かるこの橋を堺《さかい》に、南品川宿《みなみしながわしゅく》と北品川宿《きたしながわしゅく》に分かれ、その北が歩行新宿《かちしんしゅく》である。

橋の正式名は、境橋《さかいばし》……。

が、通称かっぱ祭と呼ばれる牛頭天王祭《ごずてんのうさい》で、南の貴布禰社《きふねしゃ》の神輿《みこし》と北の品川稲荷《しながわいなり》の神輿がこの橋で行き会うところから、行合橋と呼ばれるようになったのだという。

橋を渡ると高札場《こうさつば》があり、問屋《といや》、本陣《ほんじん》、脇本陣《わきほんじん》が並んでいる。

菊丸は問屋の脇を西に入って行くと、魚新と書かれた行灯型看板《あんどんがたかんばん》を指差した。

「ほら、ここだよ」

成程《なるほど》、行灯型看板も絵障子《えしょうじ》もまだ新しい。

障子を開けると、さすがに五ツ半（午後九時）とあって客の数は少なく、二人ほどいた客が帰り仕度《じたく》をしているところだった。

「まだいいかえ？」

菊丸が訊《たず》ねると、小女《こおんな》が愛想《あいそ》のよい笑《え》みを寄越《よこ》す。

「いらっしゃいませ！　ええ、大丈夫ですよ」

「じゃ、小上《こあ》がりを使わせてもらうよ」

菊丸がそう言い、小上がりに上がって行く。

幾千代も後に続き、店内をしげしげと見廻《みまわ》した。

「年の瀬の書き入れ時だというのに、ちょいと客が少ないんじゃないかえ？　まだ五ツ半だよ」

「出来たばかりで、まだ知られていないのさ。あっ、ねえさん、熱いところを二本ばかし燗《つ》けておくれ！」

菊丸が小女に言う。

「いつもの七ツ梅で宜《よろ》しいでしょうか」

小女が寄って来て、菊丸に訊ねる。

「ああ、それでいい。それと、少し身体《からだ》が冷《ひ》えたんで、何か温まるものを見繕《みつくろ》っておくれ！」

「では、蛤鍋《はまなべ》か三白鍋《さんぱくなべ》はいかがでしょう」

「蛤鍋は蛤《はまぐり》しか入っていないんだろ？」

「ええ。でしたら三白鍋をお勧《すす》めします。蛤と豆腐《とうふ》、白身魚《しろみざかな》で、今宵の魚は確か鱈《たら》だと思いますが……」

「じゃ、それにしておくれ。それって、あとで雑炊《ぞうすい》が出来るんだろうね？」

「ええ、出来ます」

「じゃ、そうしておくれ」

小女が燗場《かんば》に戻って行くと、菊丸が幾千代に片目を瞑《つぶ》ってみせる。

「あら嫌《いや》だ、あたしったら……。三白鍋じゃ、板さんの腕の見せどころがないというのにさァ。お造《つく》りでも頼もうか？」

「いや、いいよ。おまえさんが言うように、身体を温めるには鍋が一番だからさ」

「じゃ、とにかく、三白鍋を食べてみて、それからってことにしようじゃないか」

「おいでなさいませ」

先ほどとは別の小女が、先付《さきづけ》を運んで来る。

扇面染付皿《せんめんそめつけざら》に蕪《かぶら》の鱲子《からすみ》挟《はさ》みと岩茸《いわたけ》が……。

ひと目で、幾千代は板前の腕を確信した。

葉をつけたままの小ぶりの蕪に切れ目を入れて鱲子を挟み、その脇に岩茸が添《そ》えてあり、さり気ないようでいて、なんと心憎《こころにく》い演出ではないか……。

「ねっ、なかなかやるだろう？」

菊丸が味噌気《みそけ》に言う。

「お待たせしました」

小女が燗場から戻って来る。

「ああ、有難《ありがと》うよ。それでさァ、手が空《す》いたときでいいから、板さんを呼んでくれないかね？」

「解りました」

小女が去って行くと、菊丸が銚子《ちょうし》を手に幾千代に酌《しゃく》をする。

「まずは一杯！」

「ああ、済まないね。じゃ、おまえさんも……」

熱いところを一気に喉《のど》に流し込むと、やっと人心地《ひとごこち》ついたように思える。

「まっ、なんて美味《うま》いんだろう！　ほら、幾千代さんも食べてごらんよ。蕪に鱲子を挟むなんて、なんて乙粋《おつい き》なことを……」

菊丸に言われ、幾千代も蕪を口に運ぶ。

蕪の持つ仄《ほの》かな辛味《からみ》に鱲子の旨味《うまみ》が混ざり、酒の宛《あて》には打ってつけである。

そこに、三臼鍋が運ばれて来た。

「熱いので、舌を焼かないで下さいね」

小女がそう言い、小ぶりの土鍋《どなべ》の蓋《ふた》を開ける。

わっと湯気《ゆげ》が立ち上り、蛤と鱈、豆腐が姿を現す。

成程、見事に白、白、白……。

出汁《だし》までが、白く濁《にご》っているではないか。

それを、片口鉢《かたくちばち》に入った二杯酢《にはいず》に浸《つ》けて食べるのである。

二人は話もそこそこに食べることに没頭《ぼっとう》した。

身体の端々《はしばし》が温まっていく。

「お酒、お燗けしましょうか？」

小女が寄って来て、粗方《あらかた》平らげた土鍋を見て、あら……、と肩を竦《すく》める。

もう食べてしまったのかという意味なのであろう。

「酒？　嫌だ……。あちしったら食べるのに夢中で、お酒を飲むのを忘れちまってたじゃないか！」

菊丸がそう言うと、小女が、では、雑炊をお作りしてきましょうね、と土鍋を下げる。

「あちしもすっかりお酒のことを忘れてた……。じゃ、改めて！」

幾千代が菊丸に酌をする。

が、菊丸は改まったように幾千代に目を据《す》えた。

「実はさァ、今宵、おまえさんとどうしても一献《いっこん》傾けたかったのは、幾富士《いくふじ》のことをどうするつもりなのかと思ってさ……」

ああ……、と幾千代は苦笑した。

やはり、そのことか……。

「どうやら、おまえさんの耳にも入ってるようだね」

「そりゃ入るさ！　見番《けんばん》じゃ、此《こ》の中《じゅう》、その話題で持ちきりだからね……。ところが、肝心《かんじん》の幾富士がつるりとした顔をしているらしくて、これはどうにもおまえさんに確かめないとと思ってさ……。それで、どうなのさ。幾富士を手放すつもりがあるのかえ？」

菊丸が腹を探《さぐ》ろうと、幾千代を睨《ね》めつける。

すると、そこに土鍋を手に魚新の板頭が現れた。

「姐《ねえ》さん、毎度どうも……」

板頭が飯台《はんだい》の上に土鍋を下ろし、菊丸に会釈する。

そうして、幾千代につと視線を移すと、

「あっ、これは……。失礼しやした。幾千代姐さんじゃありやせんか！」

と驚いたように言った。

「弓也《ゆみや》さん……。えっ、おまえ、品川宿に戻っていたのかえ？」

幾千代が目を瞬《しばたた》く。

「へい。その節《せつ》は迷惑をかけてしまい、申し訳ありやせんでした」

「迷惑だなんて……。それより、瓢吉《ひょうきち》はどうしたえ？」

「………」

弓也が目を伏せる。

弓也に代わって菊丸が答える。

「死んだんだよ」

「死んだって、何故《なぜ》……」

弓也は目を上げると、辛《つら》そうに眉根《まゆね》を寄せた。

「一年前《めえ》のことでやす。あいつと所帯を持って八年目に、やっと子宝《こだから》に恵まれたと悦《よろこ》んでいたのに、お産《さん》で赤児《やや》共々……。一時はあっしは気落ちして、とても包丁《ほうちょう》を握れる状態じゃありやせんでしたが、自棄無茶《やけむちゃ》になりどろけん（泥酔《でいすい》）になっていたところを、ある男《ひと》に諭《さと》されやしてね……。おまえがそんなんじゃ、とても瓢吉は浮かばれない！　あいつはおまえの腕に惚《ほ》れて、置屋《おきや》に不義理してまでおまえと駆け落ちしたのだからよと……。あっしは強《したた》かに頬《ほお》を打《ぶ》たれたように思い、やっと目が醒《さ》めやした……。それで、その男《ひと》が北本宿に恰好《かっこう》の見世《みせ》を手に入れたんで、おまえさん、そこを仕切ってみる気はないかと言われやして……」

弓也がそう言うと、菊丸が割って入ってくる。

「ところで、そのある男《ひと》なんだが、幾千代さん、誰だと思うかえ？」

「誰って……」

幾千代がとほんとする。

「なんと、近江屋《おうみや》の旦那なんだよ」

「近江屋の旦那だって？」

幾千代は目をまじくじさせたが、ああ……、とすぐに思い当たった。

近江屋忠助《ただすけ》は、弓也が南本宿にいた頃奉公していた、辻村《つじむら》の御亭《ごてい》と昵懇《じっこん》の間柄《あいだがら》と聞いている。

確か、弓也に突然見世を辞《や》められて激怒する御亭を宥《なだ》めたのも、忠助だとか……。

だが、そこまでは解るとしても、忠助が何ゆえ小料理屋を……。

しかも、弓也に見世を委《まか》せるとは、何故、そこまで肩入《かたい》れしなければならないのだろう。

「あっしは近江屋の旦那に脚《あし》を向けて眠れやせん……」

弓也が気を兼ねたように言うと、改まったように幾千代を瞠《みつ》め、深々と頭を下げる。

「おきたのことでは姐さんに迷惑をかけてしまい、申し訳ありやせんでした」

おきたとは、瓢吉の本名のことである。

「迷惑だなんて、あちしは春川《はるかわ》のおかあさんに瓢吉を許してやってくれと頭を下げただけじゃないか……。そりゃさ、置屋にとっては三船屋《みふねや》の旦那に落籍《ひか》されたほうが金になっただろうさ。けどさ、恋は仕勝《しがち》……。心底尽《しんていず》くになった男と女《おな》ごが結ばれるほうがよっぽどいい！」

幾千代がそう言うと、菊丸が槍《やり》を入れる。

「そりゃそうだけど、どこの世界に、瓢吉の借金を肩代《かたが》わりしてやろうという者がいる？　それを、おまえさんが、ああ、いいてや！　あちしが耳を揃《そろ》えて払おうじゃないかと、ポンと十両を叩《たた》きつけてやったんだからさ！」

「申し訳ありやせん……。あっしもおきたも、いつの日にか必ず、姐さんに金を返《けえ》そうと口癖《くちぐせ》のように言ってきやした……。ところが、二人して手に手を携《たずさ》え逃げたのはいいが、なんとか口を糊《のり》していくのが筒一杯《つついっぺえ》で、今日まで不義理をしてしめえやした……。あいつが置屋に残した借金を姐さんが肩代わりして下さったことを知らなかったわけじゃありやせん。あのときはただただ逃げることで頭が一杯《いっぺえ》で、後先《あとさき》考えずに動いてしめえやしたが、いつ追っ手がかかるかと生きた空もなかったのが事実で……。それがあるとき、風の便りに、姐さんが肩代わりして下さったと知り、それでやっと、枕を高くして眠ることが出来るようになりやしたんで……。が、胸の内では、姐さんに済まねえことをしたと忸怩《じくじ》たる想《おも》いで……」

「弓也さん、もういいよ。あちしはさァ、おまえさんに恩を売るつもりでしたわけじゃない。何故と言われてもはっきりと答えられないのだが、そう、何かに突き動かされたとでも言おうかね……。あのとき、おまえさんたちを助けなきゃと、その想いだけが先走っちまってさ。そういうことだから、気を兼ねることはないんだよ」

「いや、いけやせん！　不義理をしたままでは、おきたが安心して成仏《じょうぶつ》できやせん。姐さん、もう少し待って下せえ！　近江屋の旦那の厚意に甘えたのも、品川宿に戻り姐さんの近くにいれば、いつも金を借りていることを頭の片隅《かたすみ》に置き、一日も早く返《けえ》そうという気になれると思ったから……。まだこの見世を出して一月足《ひとつきた》らずだが、順調に運べばなんとか少しずつでも……。我勢《がせい》しやす！　約束しやすんで、どうか待っていておくんなせえ……」

　弓也が手を合わせる。

「ああ、よいてや！　おまえがその気でいるのなら、そうしてもらおうか……。だが、近江屋の旦那も大束《おおたば》な男じゃないか！　辻村に不義理して逃げてったおまえに、自分の見世を委せようと思ってくれたんだもんね」

幾千代が改まったように店内を見廻す。

「居抜《いぬ》きで買って、少し手を入れたんだろうが、なかなか良い見世じゃないか」

すると、菊丸が訳知《わけし》り顔に言う。

「ここは居酒屋だったんだけどさ……。なんでも、先《せん》に近江屋の板場にいた男が親の遺産を元手《もとで》に出したらしいんだが、その男、手慰《てなぐさ》みに嵌《はま》り、二進《にっち》も三進《さっち》もいかなくなったそうでさ……。それで、安くてもいいから金に替《か》えたい、と旦那に泣きついたというのさ。ところが、旦那は見世の権利を手に入れたのはいいが、さて、どうしたものかと思案《しあん》投げ首考えていたところでさ……。そんなとき、浅草《あさくさ》で弓也さんに出会《でくわ》した……」

「へえ……。あのとき、もし旦那に出逢《であ》わなかったら、あっしは野垂《のた》れ死にしていたかもしれやせん。旦那はあっしの生命《いのち》の恩人で……」

弓也が感慨深《かんがいぶか》げに呟《つぶや》く。

「そうかもしれないね。自棄無茶になっていたおまえが旦那に拾われたのも、こうして再び品川宿に戻って来られたのも、死んだ瓢吉が、しっかと前を向いて生きろ、とおまえを叱咤《しった》してのこと……。そう思い、まっ、せいぜい励《はげ》むこった！　けどさ、近江屋の旦那も水臭《みずくさ》いじゃないか……。それならそうと、ひと言、あちしか立場茶屋《たてばぢゃや》おりきの女将《おかみ》に言ってくれてもよさそうなものを……」

幾千代が腑《ふ》に落ちないといった顔をする。

「そこが、旦那の奥ゆかしいところでさ！　決して、手柄話《てがらばなし》を得意げに話そうとしない……。その点は、幾千代姐さん、おまえさんも一緒だよ。あちしなんぞ、小白《こじろ》（一朱銀）一枚でもくれてやれば鼻蠢《おごめ》かせるし、貸したら貸したで、返してくれるまでやきもきするけどさ……」

菊丸が御髭《おひげ》の塵《ちり》を払うように言う。

「てんごうを！　おまえさんだって、あちしがどれだけ胴欲《どうよく》（欲が深い）な女ごか知っているだろうに……。決して爪長《つめなが》（吝嗇《けち》）じゃないよ。だが、大尽金《だいじんがね》にかけちゃ、手心《てごころ》を加えないからね！　相手は遊ぶ金が欲《ほ》しくて金を借りに来る輩《やから》だもの……。そんな奴らに情をかけることはない！　とことん、面《つら》の皮を剝《は》いでやらなきゃ気が済まない」

照れ隠しのつもりか、幾千代がわざとぞん気（愛想のない）に言う。

大尽金とは、大店《おおだな》の息子が遊里で遊ぶ際、通常より高い金利で金を借りることで、幾千代は品川宿で出居衆《でいしゅ》（自前芸者）の傍《かたわ》ら、大尽金を貸してひと身上《しんしょう》を築《きず》いてきたと言われている。

しかも、幾千代の取立《とりたて》は情け容赦《ようしゃ》ない。期日までに返さないときには、親の許《もと》に乗り込み、何がなんでも取り立てる。幾千代も陰で、業突《ごうつ》く女、爪長婆《ばばあ》、と呼ばれているのを知っていたが、そんなことは歯牙《しが》にもかけない。

が、その反面、金のない者や弱者には滅法界《めっぽうかい》情をかけ、気前がよかった。

「まったく、この女《ひと》ったら、口を開けばそんな悪態《あくたい》を吐《つ》いて！　けど、あちしは知っているからね。おまえさんは心根《こころね》の優《やさ》しい女ご……。まっ、削者《そげもの》（変わり者）には違いないがね」

菊丸がちょっくら返す。

「まっ、言ってくれるじゃないか！　おや、せっかくの雑炊が冷《さ》めちまったじゃないか……」

幾千代がそう言うと、弓也が、温め直してきやしょうか？　と言う。

「いいよ、これで……。さっ、食べようか」

「そうだね。あっ、弓也さん、もうすぐ山留《やまどめ》（閉店）なんだろうが、まだ暫《しばら》くいさせてもらってもいいかえ？」

菊丸が弓也を窺《うかが》う。

「ええ、構いやせん。板場や女衆《おなごし》は片づけに入《へえ》りやすが、気になさらねえで下せえ……」

「じゃ、そうさせてもらうよ」

どうやら、菊丸は幾富士のことでまだ話があるようである。

幾千代は腹を括《くく》り、雑炊に箸《はし》を伸ばした。

「それでさァ、幾富士のことなんだけど、おまえ、本当に手放してもいいのかえ？」

菊丸が幾千代の顔を見据える。

「あちしがどうこう言えることじゃないさ。幾富士が決めることなんだから……」

「幾富士が決めることといったって……。確かに、おまえのところは正式の置屋じゃないよ。けど、出居衆のおまえが大枚《たいまい》を叩《はた》いて一本のお披露目《ひろめ》をしたんだもの、それはもう、置屋と同じだろ？　つまり、幾富士はおまえに借りがあるんだよ。だったら、幾富士が去って行くに際し、借りを返すのが筋ってもの……。幾富士は一本になって何年だえ？」

菊丸がそう言い、指折り数える。

「確か、あちしが腰を痛めて二月《ふたつき》ほどお座敷に出られなかった頃のことだと思うんで、ああ、四年前のことか……。それじゃ、まだ幾《いく》らも元が取れていないじゃないか！　それに幾富士は一本になって一年も経《た》たないうちに又一郎《またいちろう》というしょうもない男に騙《だま》されて子を孕《はら》み、それればかりか、妊娠腎《にんしんじん》に罹《かか》って赤児《やや》を死産……。それからというもの、病《やまい》のために半年以上も療養を余儀《よぎ》なくされ、その間、おまえがあの娘《こ》を支えていたんだからさ……。それなのに、やっとお座敷に戻り、さあこれからというときになり、京藤《きょうふじ》があの娘《こ》を息子の世話係に譲《ゆず》ってくれないかだって？　てんごう言うのも大概《がい》にしておくれってエのよ！　それじゃ、これまでおまえがしたことが何もかも水泡《すいほう》に帰《き》しちまう……。断るんだね。幾富士の気持もへったくれもない！　息子の世話係には他を当たってもらうんだね」

菊丸が業が煮《に》えたように言う。

幾千代は肩息《かたいき》を吐いた。

菊丸が言うことは、いちいち仰《おお》せごもっとも……。

誰が考えても、そう思うだろう。

だが、脊髄《せきずい》に損傷《そんしょう》を受け、半身不随《はんしんふずい》となった京藤の息子伊織《いおり》のことを想えば、そうそう無下《むげ》にも扱えない。

何しろ、病のために心まで頑《かたく》なになった伊織が、幾富士だけには心を開き、傍《そば》にいてほしいと懇願《こんがん》しているというのであるから……。

二月《ふたつき》前のことである。

麻布宮下町《あざぶみやしたちょう》の呉服屋京藤から、巳之吉《みのきち》に是非《ぜひ》にも出張料理をと依頼が入ってきた。

京藤は巳之吉が先《せん》に札差倉惣《ふださしくらそう》の寮《りょう》で出張料理をしたことや、大崎村《おおさきむら》の真田屋《さなだや》の寮で茶懐石《ちゃかいせき》をしたことをどこからか聞きつけてきて、ならば、白金猿町《しろかねさるまち》にある京藤の寮でも、紅葉狩《もみじが》りの宴《うたげ》を……、と言ってきたのである。

それも、わざわざ幾千代を介《かい》しての依頼とあっては、余程《ほど》の理由がない限り、断るわけにはいかないではないか……。

幸い、巳之吉も快《こころよ》く承諾してくれ、おりきと巳之吉は京藤の寮を下見に行くことになったのである。

巳之吉は風情《ふぜい》のある庭に目を奪《うば》われたようであった。

広大な敷地に泉水《せんすい》や築山《つきやま》が配され、庭のところどころに茶室や東屋《あずまや》が……。

そして築山には、楓《かえで》、錦木《にしきぎ》、七竈《ななかまど》、梅擬《うめもどき》、真弓《まゆみ》、吊花《つりばな》が……。

極力《きよくりよく》人の手を加えず、自然のままに委せたこの庭には、おりきもいたく胸を打たれた。

無論《むろん》、巳之吉の頭の中では、当日の献立《こんだて》が描《えが》けたようだった。

ところが何を思ってか、京藤の主人染之助《あるじそめのすけ》が、突然、当日のお運び役に芸者の幾富士を加えてはどうか、と言い出したのである。

京藤がそれを望み、幾富士が承諾するのであれば、立場茶屋おりきとしてはそれでも構わない。

それで、幾富士の気持を訊《き》いてからということになり戻って来たのだが、幾富士にしてみれば、常から贔屓《ひいき》にしてくれる京藤の頼みを断れるわけがない。

それで、当日、立場茶屋おりきから女中頭のおうめをつけるということで、話が決まったのだった。

結句、何ゆえ幾富士に白羽《しらは》の矢が立ったのか判《わか》らないまま当日を迎えたのだが、染之助の意図《いと》が判ったのは、幾富士が客間に先付を運んで行ってからのこと……。

幾富士に、隣室にいる伊織の給仕が命じられたのである。

聞くと、伊織は三年前に不慮《ふりょ》の事故に遭《あ》い、以来、下半身が麻痺《まひ》してしまったのだという。

伊織はそれが原因《もと》で人目《ひとめ》に触《ふ》れるのを避《さ》けるようになり、それを不憫《ふびん》がった染之助が、今日だけはなんとしてでも巳之吉の料理を食べさせてやりたいと、隣室にいる伊織の給仕を幾富士に頼んだのだった。

だが、伊織はどの料理にもひと口箸をつけただけで、それ以上食べようとしない。

ところが、椀物《わんもの》の伊勢海老《いせえび》葛叩《くずたた》きだけは、ひと口どころか、見事に平らげていたのである。

続いて、焼物《やきもの》、炊《た》き合わせ、揚物《あげもの》、留椀《とめわん》、土鍋で炊いた帆立《ほたて》ご飯《はん》……。

伊織は帆立ご飯のほかはどれをも半分以上食べてくれたという。

そして、最後の水菓子《みずかし》を運んで行ったとき、如何《いかが》でした？　美味《おい》しく召し上がれましたか、と訊ねる幾富士に、ああ、美味《うま》かった……、と伊織が初めて答えてくれたのである。

父親《てておや》の染之助がどれだけ悦《よろこ》んだことか……。

それで、その日はやりくじり（失敗）をすることもなく務《つと》めを果たし、幾富士は、やれ、と胸を撫《な》で下ろして猟師町に戻って来た。

ところが、それから暫くして、京藤染之助がわざわざ猟師町を訪ねて来たのである。染之助は見番《けんばん》で幾千代の住まいを訊いたのだと言い、単刀直入《たんとうちょくにゅう》に、幾富士を息子の世話係に譲ってもらえないかと頭を下げた。

当然、幾千代は断った。

てんごう言ってもらっては困る、幾富士は芸者だ、芸者は芸を売り、華《はな》を売るのが仕事というのに、何ゆえ介護人の真似《まね》をさせなくてはならないのかと……。

とは言え、心は千々《ちぢ》に乱れた。

身体の不自由な伊織のことを思うと、ぞん気に突っぱねてよいものかどうか……。

思い屈《くっ》した幾千代は、誰かに胸の内を聞いてもらいたくて、おりきを訪ねて来た。

「京藤の旦那が言うには、自分は紅葉狩りのあの日、せめて一日だけでも、息子に健常《けんじょう》な身体なら味わえたであろう華やいだ雰囲気をと思っていたのだが、息子がすっかり幾富士のことを気に入ってしまい、二六時中《にろくじちゅう》傍にいてほしいと言い出したものだから、頭を抱《かか》えているのだと……。なんでも、三年前、日頃から可愛《かわい》がってもらっていたお旗本《はたもと》に誘われて遠乗りに出たところ、突然雷に見舞われたものだから馬が暴れ出し、伊織さんが振り落とされちまったそうなんだよ……。伊織さんは地面に腰を強かに打ちつけ、それっきり身動きが出来なくなっちまってさ……。意識を取り戻した伊織さんの悲嘆《ひたん》ぶりときたら、目も当てられなかったそうでさ……。そりゃそうだろうさ。幾富士が言っていたけど、伊織さんって男はなかなか様子のよい男でさ。身体さえ不自由でなければ、女ごが放っておかないほどの雛男《ひなおとこ》なんだってさ！　そんな男だから、二十六歳の若さであんな身体になるなんて信じられなかったのだろうさ……。一時は、自《みずか》ら生命《いのち》を絶《た》つつもりで、食べ物を一切《いっさい》口にしようとしなかったというからね。それを伊織さんのおっかさんが懸命《けんめい》に諭したというんだよ。おまえはおとっつァんとおっかさんの大切な息子、どんな身体であれ生きていてほしい、朝目覚めたとき、ああ、今日もおまえが傍にいてくれる、そう思うだけで、あたしたちは生きる悦びを貰《もら》えるのだから……と。おっかさんの言葉が効《き》いたのか、それから少しずつ食べ物を口にするようになってくれたと言うんだが、気放《きほうじ》（気晴らし）のために少しは外の空気を吸ってみたらどうか、たまには他人《ひと》に逢ってみてはどうかと勧めても、頑《がん》として首を縦《たて》に振ろうとしないそうでさ……」

幾千代が溜息《ためいき》混じりに言う。

「それで紅葉狩りを隣室でということになったのですね？」

おりきがそう訊ねると、幾千代は頷《うなず》いた。

「ああ、そういうことでさ……。幾富士を給仕につけるのは、ある意味、旦那の賭《かけ》だったそうでさ。勿論、伊織さんには言っていなかった……。だから、最初《はじめ》の先付を幾富士が運んで行ったとき、伊織さんがどんな反応を見せるのか、旦那は客間で息を殺していたというからね」

「ところが、存外にも、伊織さんがすんなり幾富士さんを受け入れたってことなのですね？」

　幾千代は仕こなし顔に頷いた。

「旦那も驚いたそうでさ……。旦那、言ってたよ。幾富士が父《てて》なし子を死産したことや、その後永《なが》いこと腎《じん》の臓《ぞう》を患《わずら》い臥《ふ》していたことなどを知ったうえで、幾富士なら伊織の悶々《もんもん》とした気持を解ってくれるのではなかろうかと思い、それで無理を聞いてもらったのだったが、まさか、あそこまで自分の勘《かん》が当たるとは思っていなかった、息子が幾富士を受け入れたばかりか、あんなにも食が進んだのだからなって……」

「そう言えば、あとで巳之吉が言っていましたが、最初《はじめ》の先付や八寸《はっすん》はほんのひと口箸をつけただけで器《うつわ》が下げられてきたので、お口に合わなかったのだろうかと案じていたそうですのよ。ところが、椀物になった途端《とたん》、見事に空《から》になった器が戻ってきたそうでしてね……。次の焼物、炊き合わせ、揚物は半分ほど食べて下さり、さすがに最後の帆立ご飯には手をつけてなかったそうですけど、病の身でそれだけ食べて下さったのだと思うと、はっと胸を撫で下ろしたと、そんなふうに言っていましたわ」

「ああ、幾富士も同じようなことを言ってたよ……。それで、あちしは思うんだけど、最初《はじめ》のうちはあれでも幾富士のことを幾らかは警戒していたが、椀物の頃になって、やっと幾富士のすべてを受け入れたってことなんじゃなかろうかと……」

幾千代は片目を瞑ってみせたが、つと深刻な面差《おもざ》しをすると、おりきを瞠めた。

「けどさァ、いかに伊織さんが幾富士を気に入ったといってもさ……。一日だけならあちしも許せるが、今後もずっと伊織さんの世話をしろと言われてもね……」

幾千代は苦虫《にがむし》を嚙《か》み潰《つぶ》したような顔をした。

「それで、幾富士さんはなんとおっしゃっているのですか？」

「幾富士？　それがさァ……。はっきりしないんだよ。考えさせてほしいって……。思うに、あの娘《こ》、自分も腎の臓を病《や》み、もしかするとこのまま寝たり起きたりの暮らしになるのじゃなかろうかと悶々としたことがあるもんだから、伊織さんにいたく同情しているに違いないんだよ……。そりゃさ、京藤の旦那から、現在《いま》の伊織を救えるのはおまえしかいない、どうか、息子の望みを叶《かな》えてやってくれ、とそう哀願《あいがん》されてみな？　心が揺《ゆ》れても仕方がないさ……。とは言え、請《こ》われるままに京藤に行ったのでは、今度はあちしに義理を欠いちまう……。なんせ、姉さんの恨《うら》みを晴らそうと、産女《うぶめ》に化《ば》けて小浜屋《こはまや》の旦那を脅《おど》そうとした幾富士を引き取り、あの娘《こ》を芸者に仕込んだのはあちしだからね……。あちしはあの娘《こ》が旦那を取らずに済むようにと、半玉《はんぎょく》から一本になるときのお披露目の掛かり費用もすべて出した……。ああ、決して恩を着せるつもりで言っているんじゃないから、誤解しないでおくれよ。それにさァ、あの娘《こ》が又一郎というすけこましに騙され赤児《やや》を孕んだときも、その子を死産し腎の臓を病んだときも、あちしは身を挺《てい》してあの娘《こ》を護《まも》ってきたからね。謂《い》わば、あちしにとって幾富士は我が娘……。きっと、あの娘《こ》もそんなあちしに後足《あとあし》で砂をかけるような真似は出来ないと、そう思っているに違いないんだよ」

「それで、幾千代さんはどう思われるのですか？」

おりきが訊ねると、幾千代は戸惑《とまど》ったように視線を彷徨《さまよ》わせた。

「あちしがどう思うかって……。それが解らないから、おりきさんにどうしたものかと相談してるんじゃないか……。けどね、あちしにも京藤の旦那の気持が解らないでもないんだよ。幾富士が傍にいることで息子が生きる望みを持ってくれるのなら、なんとしてでもそうしたいと思うのが親心だからね。幾富士の気持もよく解る……。あの娘《こ》、これまで幸薄《さちうす》い女ごだったからね。又一郎のことがあり、赤児《やや》を死産してからというもの、あの娘《こ》、女ごとしての幸せを諦《あきら》めたみたいでさ……。それで、これからは芸一筋に生きる覚悟をしたんだけど、どこかしら寂《さみ》しそうでさ。時折、芙蓉《ふよう》が生きていたら三歳になってるんだねと言ってみたり、そうそう、この間、あちしがおまきのところの太助《たすけ》に髪置《かみおき》の祝いに晴着《はれぎ》を贈《おく》ることを話したところ、幾富士ったら、そう言えば、芙蓉も今年髪置だったんだね、と呟くじゃないか……。あちし、きやりとしちまったよ。死んだ赤児《やや》のことを思い出させるつもりじゃなかったのに、なんだか悪いことを言っちまったような気がしてさ……。そんな幾富士だろ？　伊織さんが自分を求めていると知れば、支えになりたいと思っても不思議はない……。あちしはさ、幾富士の出す決断に従うつもりだよ。現在《いま》はそれしか言えない……」

「そうですか……。それを聞いて、わたくしも安堵《あんど》いたしました。どんな決断を下したとしても、それが幾富士さんの気持なのですものね」

あのとき、おりきと幾千代の間でそんな会話がなされたのである。

だが、幾千代が思うに、おりきに相談するまでもなく、自分の気持は決まっていたのでは……。

おりきに言ったように、自分は幾富士のことを抱《かか》え芸者と思っていたわけではなく、我が娘と思っていたのである。

ならば、親なら娘の幸せを望むのが筋……。

これまで幾富士に湯水《ゆみず》のごとく金を使ってきたが、元を取ろうと思ったことは一度もない。

世間から猿利口《さるりこう》（浅知恵）、お人好し、業突《ごうつ》く婆《ばばあ》らしくもないことを、と嘲笑《あざわら》われようと構やしない。

あちしはやりたいようにやるまでさ……。

だから、菊丸からなんと言われようと構わない。

きっと、幾富士の気持は伊織へと傾《かたむ》いているのだろうから、あちしは快く送り出してやるまでさ……。

幾千代は菊丸に目を据えた。

「姐さん、気を遣《つか》わせてしまい、済まなかったね。けど、あたしの腹は決まってるんだ。幾富士のやりたいようにやらせようと思ってさ……」

菊丸が気遣《きづか》わしそうに幾千代を窺う。

「いいのかえ、それで……」

「ああ、いいともさ！　そんな理由《わけ》で、あちしたちのことは黙って見守っていてくれないかえ？」

「ああ、解った！　おまえがそう言うのなら、あちしはもう何も言わない」

「堪忍《かんにん》え……。なんせ、削者なんで許しておくれ」

「ホント！　おまえは情の強い女ごだよ。さっ、帰ろうか。四ツ（午後十時）を廻《まわ》っちまったじゃないか……。弓也さん、長っ尻《ちり》して悪かったね。勘定《かんじょう》しておくれ！」

菊丸が立ち上がる。

幾千代は先に立って土間に下りると、小粒《こつぶ》（一分金）を一枚、弓也に手渡した。

「これで足りるだろ？」

「天骨《てんこち》もねえ！　これじゃ多すぎやす。今、釣《つ》りを……」

弓也が慌てて帳場に戻ろうとする。

「いいんだよ！　ご祝儀《しゅうぎ》だ。取っておいておくれ」

「けど、それじゃ、姐さんに悪い……」

「いいってことさ！　これから、せいぜい気張《きば》って稼《かせ》いでもらわなくちゃならないんだからさ……」

幾千代が片手を挙《あ》げて、戸口のほうに歩いて行く。

菊丸が草履を履くのももどかしげに、後を追う。

「ちょい、待っておくれよ！」

菊丸は大声を上げたが、何を思ってか戸口で振り返ると、

「ねっ、気っ風《ぷ》がいいだろ？　小股《こまた》の切れ上がったようなとは、ああいう女ごのことを言うんだよ！」

と弓也に目弾《めはじき》して見せた。


「早《はえ》ェもんでやすね。今日はもう二十八日だ……」

大番頭の達吉《たつきち》が台帳《だいちょう》を捲《めく》りながら言う。

「今年はどうでしたか？　少しは利益が出そうですか？」

おりきが年末年始の予約を留帳《とめちょう》で確認しながら訊ねる。

「ええ。まだ支出の細《こま》けェ計算が出来ていやせんが、ざっと見積《みつ》もったところでは、去年より幾分《いくぶん》よいかと……」

「そうですか。安堵いたしました。そう言えば、吉野屋《よしのや》さまが十五夜前後に十二日も滞在され、破格《はかく》の宿賃を置いていって下さったのですものね」

「そればかりか、宿賃の他に三両も心付《こころづけ》を下せえやしたからね。弟のことで迷惑をかけたという思いがあったのでしょうが、迷惑なんて滅相《めっそう》もねえ……。途中で客室から茶室に移ってもらい、寧《むし》ろ、こっちが恐縮《きょうしゅく》しているというのによ」

「吉野屋さまはそういうお方なのですよ。京での勝彦《かつひこ》さんの葬儀はもう終わったのでしょうが、吉野屋さま、今頃どうしておられるのでしょうね」

「つくづく、あの旦那も身内に縁の薄いお方だと……。長患いだった内儀《ないぎ》との間には終《つい》しか子が出来ず、内儀の死後、永年《ながねん》内儀のお側《そば》を務めていた女ごを後添《のちぞ》いに直したのはいいが、その女ごにまで先立たれちまったんでやすからね……。しかも、唯一《ゆいいつ》、この世のどこかで生きていると思っていた弟の勝彦さんまでがあんなことに……。これから先、吉野屋は一体《いってえ》どうなるのでしょうかね？」

達吉が鼻眼鏡《はなめがね》を指で押し上げ、蕗味噌《ふきみそ》を嘗《な》めたような顔をする。

「後継者《こうけいしゃ》のことですか？」

「ええ。旦那も六十路《むそじ》過ぎとあって、そろそろ誰に見世を継《つ》がせるのか決めなくちゃならねえんじゃ……」

「それはもう決まっているそうですよ」

おりきがそういうと、えっ、と達吉が目をまじくじさせる。

「女将さん、知っていなさるんで？」

「ええ。弟の勝彦さんを荼毘《だび》に付し、京に帰られる日の朝のことですが、朝餉《あさげ》の後、お薄を点《た》てて差し上げますと、勝彦さんとのことをいろいろと話して下さり、既《すで》に吉野屋の後継者が決まっていると……」

「じゃ、誰が吉野屋の跡《あと》を継ぐんで？」

「吉野屋さまの従妹《いとこ》の子とかで、年が明けて二十四歳になられるそうです」

「従妹の子……」

達吉がどこかしら不服そうな顔をする。

「どうしました？」

「いや、子や兄弟がいねえと、やっぴしそういうことになるのかと思ってよ……」

「そういうこととは？」

「だって、そうじゃありやせんか。従兄弟《いとこ》ならまだしも、その子ということになったら、吉野屋の血がどんどん薄れっちまう……。旦那はそれで寂しくねえのかと思ってよ」

「まあ、達吉はそんなことを考えていたのですか……。大丈夫ですよ。従妹の子といっても、吉野屋さまは病弱な内儀に子が望めないと解った時点から、生まれて間もないその子を後継者にと考えていたそうですので。それで、幸三《こうぞう》というその子を元服《げんぷく》と同時に引き取り、商《あきな》いのことを教え込んでこられたというのですもの……。いえ、わたくしも先日聞いたばかりなのですがね」

おりきはそう言い、幸右衛門《こうえもん》がそのことを打ち明けた経緯《いきさつ》を思い起こした。

六月末のことである。その日、幸右衛門はおりきが挨拶《あいさつ》を済ませ浜木綿《はまゆう》の間を辞《じ》そうとすると、何か言いたげな顔をして呼び止めた。

「おまえさんに聞いてもらいたいことがあってよ。あとでもう一度顔を出してくれないか……」

食後、おりきがお薄を点てに各部屋を廻るのは解っているというのに、幸右衛門は念を押すようにそう言ったのである。

やはり、幸右衛門は胸に何か抱えている……。

それでなくても食が細り、心なしか窶《やつ》れて見える幸右衛門を案じていただけに、おりきの胸は不安に包まれた。

そうして再び浜木綿の間に伺《うかが》うと、幸右衛門はおりきの点てたお薄を美味そうに啜《すす》り、改まったように話し始めた。

「実は、あまり自慢《じまん》できる話ではないので、これまでおまえさんに打ち明けるのを憚《はばか》っていたのだが、あたしには腹違いの弟がいてね……」

幸右衛門は話をそう切り出した。

勝彦という腹違いの弟は、幸右衛門の父親《ておや》が先斗町《ぽんとちょう》の芸妓《げいぎ》に産《う》ませた子だという。が、勝彦は生まれて間なしに吉野屋に引き取られた。

引き取られたというより、その女ごが幸右衛門の母親に、おまえの亭主が孕ませた子だ、煮て食おうと焼いて食おうと好きにしてくれ、と押しつけたというのであるから、捨てられたと思ってよいだろう。

母親は腹を括ると、勝彦を幸右衛門の弟として育てることにした。幸右衛門、十一歳のときのことだという。

母親は勝彦のために貰い乳をして廻り、まるで我が腹を痛めたかのように大切に育て、勝彦も実の母と信じて疑わなかったという。

ところが、幸右衛門にはそれが面白《おもしろ》くない。

十一歳にもなると、身辺《しんぺん》に何が起きたのか把握《はあく》することが出来るものだから、不満を露《あら》わにした。

が、母親はそんな幸右衛門を窘《たしな》めた。

そんなことを言うものではない、勝彦は吉野屋の息子、おまえとは血を分けた兄弟ではないか、しかも、おまえは押しも押されもしない吉野屋の跡取《あとと》り息子で、双親《ふたおや》が揃《そろ》っているが、勝彦はいずれどこかに養子に入らなければならない身のうえに、実の母親は行方《ゆくえ》知れず……、せめて、勝彦が一人前の男になるまであたしが母親代わりを務めてやろうと思っているだけなのだから、おまえは泰然《たいせん》と構えていればよいのだと……。

それで幸右衛門も一旦は納得したのだが、勝彦の元服の賀儀《がぎ》で思わぬことが起きてしまった。

烏帽子親《えぼしおや》が、おまえは先斗町の芸妓が産んだ子……、とつい口を滑《すべ》らせてしまったのである。

その男に悪意はなく、生《な》さぬ仲の子を、これまで実の息子のように可愛がって育ててくれた母親に感謝しろ、という意味だったのだが、出自《しゅつじ》について何も知らなかった勝彦は、さっと色を失い、逃げるようにしてその場から立ち去った。

それからというもの、勝彦は内を外にするようになり、まるで心の憂《う》さを晴らすかのように、見世の金をくすね、ごろん坊と連《つる》んで祇園《ぎおん》や先斗町、島原界隈《しまばらかいわい》を遊び歩くようになったという。

だが、そんなことが続くわけがない。

遂《つい》に、堪忍袋《かんにんぶくろ》の緒《お》を切らした父親《ておや》が、勝彦を吉野屋から久離《きゅうり》（勘当）してしまったのである。

母親は、此度《こたび》だけは許してやってほしい、このような子に育てたあたしが悪いのだから、と泣いて縋《すが》ったが、終しか、父親《ておや》は許そうとしなかった。

「思うに、親父《おやじ》はお袋《ふくろ》に対し顔向けが出来ず、親父なりに苦しんでいたのだと思う……。元を糺《ただ》せば、親父が蒔《ま》いた種……。それなのに、お袋は親父の非を責めようともせず、あたしと分け隔《へだ》てすることなく勝彦を育ててきたのだからね。親父はもうこれ以上、お袋に迷惑をかけられないと思ったのか、頑として首を縦に振ろうとしなかったのだよ」

幸右衛門は苦渋《くじゆう》に満ちた顔をして、そう言った。

と言うのも、その話にはまだ続きがあったのである。

二十歳《はたち》のとき、久離された勝彦がどろけんになって戻って来るや、縁を切るというのならきっぱり切ってやるので金を出せ、と迫ってきた。

勿論、父親《ておや》は突っぱねたが、カッとなった勝彦が殴《なぐ》りかかり、それを止めに入った母親が突き飛ばされて長火鉢《ながひばち》の角にこめかみを強かに打ちつけ、一瞬のうちに生命《いのち》を奪われてしまったのである。

「勝彦はお袋の手を払おうとしただけなのだ……。だが、体勢《たいせい》を崩《くず》したお袋が蹌踉《よろ》めき、倒れた瞬間、長火鉢の角にこめかみを打ちつけてよ……。本当に一瞬のことで、暫くは全員が茫然《ぼうぜん》と突っ立ったままで、お袋が事切《ことき》れているのに気づかなかった……」

幸右衛門の言葉に、おりきは、ああ……、と目を閉じた。

以来、幸右衛門は勝彦に逢っていないという。

女房に死なれ魂《たましい》を抜かれたかのようになっていた父親《てておや》も、それから二年後、この世を去った。

幸右衛門の中に憤怒《ふんぬ》が湧《わ》き起こってきたのは、その頃のことである。

あれほど勝彦のことを愛《いと》しく思い大切に育ててきたというのに、何ゆえ、お袋が殺されなければならなかったのか……。

勝彦が殺そうと思って母親を死に追い込んだのではないということが解っていても、幸右衛門には母親はやはり勝彦に殺されたのだと思えてならない。

そんなとき、京の仲間に品川宿門前町《もんぜんちょう》の立場茶屋おりきを紹介されたという。

「何故かしら、ここに来ると、荒《すさ》んだあたしの心が和《なご》むような気がしてね。まるで、我が家に戻ったような気持になれた……。先代の女将がどこかしらお袋を彷彿《ほうふつ》とさせる女《ひと》だったからかもしれない。それに、先代の女将が口癖《くちぐせ》のように言《い》っていた言葉が、人を祈らば穴二つ……。人を呪《のろ》って殺そうとする者は、自分の墓穴《ぼけつ》も要るようになるという意味だと教えられてね。その言葉に、どんなに救われたことか……。勝彦を恨んではならない。あたしが苦しい以上に、あいつは消そうにも消せない呵責《かしやく》に苛《さいな》まれ、あたしよりもっと苦しいのだろうから……。とそんなふうに思えてきてね。何を隠そう、そう思うことで、あたし自身が楽になれたのだよ」

幸右衛門のその言葉は、おりきにも手に取るように解った。

と言うのも、おりきも先代の女将に救われたからである。

そうしてみると、おりきも幸右衛門も、先代おりきにこの立場茶屋おりきに導《みちび》かれたのも同然……。

幸右衛門は続けた。

勝彦のことは極力忘れようと努《つと》め、事実、もうすっかり忘れたと思っていたところに、三月《みつき》前、江戸で勝彦を見たという者が現れたというのである。

しかも、勝彦は道楽寺《どうらくじ》和尚《おしよう》の形《なり》をして、浅草の街を彷徨《さまよ》い、物乞《ものご》いをしていたというのであるから堪《たま》らない。

道楽寺和尚とは、道楽の限りを尽くし身代《しんだい》を食いつぶした者が、他人《ひと》の情けに縋り生きていく術《すべ》のひとつで、僧衣《そうい》を纏《まと》い、手にした木魚《もくぎよ》をジャカボコと叩きながら、駄《だ》洒落《じやれ》や時世への皮肉を交えた奇妙きてれつな文句を唱《とな》え、賽銭《さいせん》を募《つの》る物貰《ものもら》い……。

「あたしは勝彦が落ちるところまで落ちたのかと思うと、居たたまれない想いで……。実は、あたしが吉野屋を継いでから、一度だけ、勝彦が訪ねて来たことがあってね。あたしが四十路《よそじ》になったばかりの頃だったので、そう、二十年ほど前のことなんだがね。番頭から勝彦が訪ねて来たが如何したものだろうかと訊かれ、咄嗟《とっさ》に金の無心《むしん》だと判断したあたしは、追い払うように言いつけたんだよ。そのときは、追い払うことになんら躊躇《ためら》いはなかった……。親父が生きていたとしても当然そうするだろうし、ひとたび甘い顔を見せると、ああいった男は方図《ほうず》（際限《さいげん》）がないと思ってね……。だが、現在《いま》考えてみれば、あのとき逢って話を聞いてやっていれば、勝彦もまた別の身の有りつきがあったのではなかろうかと……。おりきさん、おまえさんなら、決してそんなことはしなかっただろうね？」

幸右衛門は辛そうに、おりきに目を据えた。

おりきは言葉を失った。

恐らく、自分なら、金を与えるかどうかは別として、逢って話を聞き、そのうえで、どうするべきか判断したであろう。

幸右衛門は深々と息を吐いた。

「あたしはなんて度量《どりょう》のない男だろうか……。吉野屋を護るためとはいえ、血を分けた弟を切り捨ててしまったのだからね。そう思うと、ろくすっぽうものが喉を通らなくなり、眠っていても魘《うな》されることがしばしば……。それで、腹を決めたんだよ。勝彦を捜《さが》し出そう。逢って、ひと言詫《わ》びを言わなければ、死ぬに死にきれないと……」

「では、此度の江戸行きは勝彦さんを捜しに……」

おりきがそう言うと、幸右衛門は蕗味噌を嘗めたような顔をした。

それもそのはず、この広い江戸で当てもなく人を捜すのは、砂浜で針を捜すにも等《ひと》しい。

だが、幸右衛門は大道芸人の集まる場所に勝彦の顔を知る店衆を先乗りさせ、探《さぐ》らせていたのである。

どうやらその意気込みから見るに、勝彦を捜し出すまでは、幸右衛門は京に戻らない覚悟のようであった。

翌朝、幸右衛門は江戸に向けて出立した。

そのときは、まさか幸右衛門が病で明日をも知れない勝彦を伴《ともな》い、一月《ひとつき》半後、門前町に戻ってくるとは思ってもいなかった。

幸右衛門は深川加賀町《ふかがわかがちよう》の裏店《うらだな》で三十年ぶりに勝彦に再会すると、ひと目で、勝彦が余命《よめい》幾ばくもないと察し、最期《さいご》を看取《みと》るつもりで、おりきに内藤素庵《ないとうそあん》に渡《わたり》をつけてくれと頼んできたのである。

勝彦は肝《かん》の臓を患っていた。

しかも、既に為《な》す術なし……。

素庵が言うには、よく保《も》って一廻《ひとまわ》り（一週間）ほどだが、下手《へた》をすれば十五夜まで保たないとか……。

勝彦は三十年ぶりに再会した幸右衛門を前に、病臥《びょうが》したままはらはらと涙を零《こぼ》したという。

「勝彦、こんなになる前に、何故、あたしに知らせてこなかった。まっ、知らせづらかったおまえの気持もよく解る……。二十年前のことだが、あたしはおまえが訪ねて来たと知りながら居留守《いるす》を使い、門前払いにしてしまった……。済まなかったね……。あのときは、おまえがお袋を死に追いやったと思い、どうしても、おまえのことが許せなくてね。今思えば、あれは成行《なりゆき》で起きたこと……。おまえが自棄無茶になり、親父に盾突《たてつ》きたくなった気持は解っても、あのときは、それが原因《もと》でお袋を失ったことがただただ口惜《くちお》しくてね……。済まない。おまえの辛い気持を微塵《みじん》芥子《けし》ほども思い遣《や》ってやれなかった……」

幸右衛門は勝彦に向かって、切々《せつせつ》と許しを請《こ》うた。

勝彦の目から再びはらはらと涙が零れた。

「勝彦、おまえ……」

幸右衛門は蒲団《ふとん》の中にすっと手を差し込み、勝彦の手を握った。

勝彦は目を閉じ、かすかに頷いたという。

骨張《ほねば》り、ごつごつとした指の感触……。

まだ五十路を過ぎたばかりというのに、七十路《ななそじ》を超《こ》えた爺《じい》さまにしか見えない、枯れ枝のような肢体《したい》……。

ああ、自分は血を分けた弟がこんなになるまで、知らぬ顔の半兵衛《はんべえ》を決め込んできたのだ……。

幸右衛門がそう思ったとき、蒲団の中で、勝彦が手を握り返してきた。

ごめんよ、兄さん……。

恐らく、勝彦はそう言いたかったのであろう。

その瞬間、互いに永年の宿怨《しゅくえん》が消え去っていったのである。

そうして、勝彦は南本宿の素庵の許に運ばれて来たのであるが、一日も永くと思う幸右衛門の願いも虚《むな》しく、十五夜の宵《よい》、遂に帰らぬ人となったのである。

翌日、桐ケ谷《きりがや》の火葬場で荼毘に付され、勝彦は遺灰《いはい》となって京に戻ることになった。

京への出立を前に、幸右衛門は勝彦が亡くなった宵のことを話した。

厠《かわや》に行こうと中庭に出たところ、井戸端の盥《たらい》に望月《もちづき》が映《うつ》っているのを見て、思わず盥の水を掌《てのひら》に掬《すく》い月影を映そうとしたのだと……。

手に結《むす》ぶ水に宿れる月影の、あるかなきかの世にこそありけれ……。

幸右衛門は紀貫之《きのつらゆき》の和歌を真似てみたくなったのだと言った。

「拾遺和歌集《しゅういわかしゅう》のその和歌を思い出したものだから、盥の水を掌に掬い、月に翳《かざ》してみたのですよ。だが、上手《うま》く映らないものだから角度を変えて、この位置なら、と何度もやり直しましてね……。気づくと、あたしの目は涙に濡《ぬ》れて、それこそ、月を愛《め》でるどころではなくなりました。それで、涙に濡れた目を空へと仰《あお》ぎ、それで潤《うる》んだ月を瞠めていると、それまで堪《こら》えていた感情がわっと衝《つ》き上げてきましてね……。勝彦を堪らなく愛しく思いました。こんな気持になったのは初めてだというのに、あいつはもう間なしにこの世を去るのかと思うと、泣けて、泣けて……。あいつはあたしにとって掌の月……。終しか情を交《か》わせないままに去って行くのですからね。勝彦の息が荒くなったのはそれからです」

おりきには、幸右衛門が勝彦のことを掌の月に譬《たと》えた気持がよく解った。

「吉野屋さま、ご自分を責めてはなりません。おまえさまは充分に勝彦さんにお尽くしなさいました」

おりきがそう言うと、幸右衛門は寂しそうに片頬《かたほお》で嗤《わら》った。

「尽くしたなんて天骨もない！　あたしほど切っても血の出ない業晒《ごうさらし》はいませんよ。あたしには子が望めないと判ったとき、どんな手段を使ってでも勝彦を捜し出せばよかったのに、捜そうとしなかったのですからね。いえね、亡くなった家内は生前言ってくれていたのですよ。吉野屋の跡継ぎを産めなくて申し訳ない、おまえさまはあたしに気を兼ねることなく他の女ごに赤児《やや》を産ませて下さいませ、それが嫌なら、勝彦さんを捜し出し、連れ戻してはどうですかと……。が、あたしはそのどっちをも突っぱねた……。他の女ごに子を産ませるのが嫌なら、勝彦を連れ戻すのが道理……。勝彦はあたしより十歳も年下なのだから、あいつに所帯を持たせれば、吉野屋の血が絶《た》えることがないと解っていても、あたしにはどうしてもそれが出来なかったのですよ……。それで、従妹が三人目を産むと聞き、生まれた子が男であれ女ごであれ、吉野屋の養子に迎えることにしたのです。跡継ぎさえ決めておけば、他人《ひと》はもう誰も差出《さしで》をしない……。あたしはそうまでして、勝彦を遠ざけようとした小賢《こざか》しい男なのですよ。ふふっ、嗤って下され、おりきさん……。現在《いま》になり、あいつが掛け替《が》えのない男だったことに気づいたのですからね……」

幸右衛門は自嘲《じちょう》するように言った。

「では、吉野屋には後継者がいるということなんですね」

「ああ、幸い、生まれた子が男の子だったもので、あたしの名から一字取って、幸三、と名付けました。元服するまでは生まれた家で育てるということで、うちに引き取ったのは幸三が十六のとき……。現在《いま》は番頭の下に就《つ》け、いろいろと商いのことを学ばせているところでね」

「まあ、少しも知りませんでしたわ。何故、言って下さらなかったのですか」

おりきがそう言うと、幸右衛門は首を傾《かし》げた。

「あたしも自分の心を今ひとつ摑《つか》みかねていましてね……。もしかすると、勝彦がこの世にいるのに、あんな小細工《こざいく》をしたことに後《うし》ろめたさを感じていたからかも……。が、勝彦はもうこの世にいない。それで、幸三のことを公《おおやけ》にする気になったのだとすれば、ああ、あたしはなんと置いて来坊《きぼう》(愚《おろ》か者）なのだろう……。つくづく、自分の小人《しょうじん》さ加減《かげん》に愛想が尽きましたよ！」

幸右衛門は汗顔《かんがん》の至《いた》りといった顔をして、面伏《おもぶ》した。

あれから四月《よつき》が経とうとする。

幸右衛門の胸の内は、現在《いま》いかに……。

おりきがそんなことを思い出していると、達吉が御座《おざ》が冷めた（興醒めした）ような顔で言う。

「なんだ、そうかよ……。吉野屋さんも抜け目のねえ！　ちゃんと跡継ぎを決めてるんだからよ」

幸右衛門の複雑な心の襞《ひだ》には、凡《およ》そ無頓着《むとんちゃく》な達吉である。

「あっ、餅《もち》を搗《つ》く音がしてきやしたぜ！」

達吉が伸び上がるようにして、耳を欹《そばだ》てる。

今日は立場茶屋おりきの茶屋と旅籠《はたご》、彦蕎麦《ひこそば》、あすなろ園の餅搗きである。

二十九日に搗くのを苦餅《くもち》といって忌《い》むために、大概のところが二十八日か三十日に餅を搗く。

が、客商売をしていると、それでなくても年の瀬は忙《せわ》しく、立場茶屋おりきでは余程のことがない限り、二十八日を餅搗きに当てることが多かった。

「なんせ、うちは大所帯だから、餅を搗くのも半端《はんぱ》じゃねえ。どれ、あっしも助太刀《すけだち》に入《へえ》るとするか！」

達吉が帳場を出て行く。

そうだった！　わたくしもこんなことをしている場合ではなかったのだ……。

おりきも立ち上がると、中庭へと出て行った。

中庭に出ると、番頭見習の潤三《じゅんぞう》、下足番の吾平《ごへい》、見習の末吉《すえきち》の三人が、旅籠の玄関先に門松《かどまつ》を立てていた。

おりきが寄って行くと、注連縄《しめなわ》に裏白《うらじろ》や譲葉《ゆずりは》を飾《かざ》りつけていた潤三がひょいと会釈する。

「ご苦労ですこと……。おや、立派な門松ではありませんか！」

おりきが例年より幾分大きめな門松に感嘆の声を上げる。

「へい。いつもより丈《たけ》のある松が手に入りやしたんで……。けど、本当によかったのでしょうかね？　毎年、門松は大番頭さんの陣頭指揮《じんとうしき》の下《もと》で立てていたのに、今年はその任を俺に委せる、と大番頭さんが……」

「大番頭さんがそう言うのであれば、それでよいのでしょう。そうして、大番頭さんは少しずつおまえに務めを託《たく》そうと思っているのですよ」

おりきがそう言うと、吾平が相槌《あいづち》を打つ。

「そうでェ！　おめえも年が明けたら二十五だ。そろそろ独《ひと》り立ちさせても構わねえ頃だからよ……。それに比べて、末吉の野郎はいつまで経ってもおかったるくて（不足）よ！　手取り足取り教えてやらなきゃ、縄《なわ》にも蔓《かずら》にもかかりゃしねえ（どうしようもない）……」

吾平がそうちょうらかしても、末吉には何を言われているのか解らないとみえ、といほんとした顔をしている。

「これだよ……」

吾平は呆《あき》れ返った顔をした。

「吾平、まあよいではないですか。では、あとは注連縄に海老《えび》や橙《だいだい》といったものを飾りつけるだけですね」

おりきが話題を門松へと戻す。

江戸の門松は、松の根元を薪状《たきぎじょう》の木で囲《かこ》む。

その松の片側の枝に注連縄を張り出し、裏白、譲葉、海老、橙、蜜柑《みかん》、柚子《ゆず》、串柿《くしがき》、昆布《こんぶ》といったものを飾りつけるのである。

門松も餅搗きと同様で、二十九日や大晦日《おおつごもり》に飾ることを忌み、二十八日に立てるところが多かった。

「もう終わりやすんで、そうしたら、あっしらも餅搗きを助《す》けやすんで……」

吾平が裏庭に目を移す。

「そうですね。人手《ひとで》はいくらでも要るでしょうからね」

おりきが裏庭から流れてくる掛け声に、目を細める。

すると、そこに幾千代がやって来た。

「おや、ここんちも餅搗きかえ？」

「ええ。何しろ、旅籠に茶屋、彦蕎麦、あすなろ園と、四軒分も搗かなきゃならないので、朝からかかりっきりなのですよ。幾千代さんはもうお済みですか？」

「うちは三人分だからね。おたけの亭主がうちの餅も一緒に搗いて持って来てくれるんだよ」

「まあ、おたけさんのご亭主が……。では、現在《いま》でもおたけさんとは行き来があるのですね？」

「行き来なんてもんじゃないさ！　嫁に出して十月《とつき》が経つが、口煩《くちうるさ》い姑《しゅうとめ》や小姑《こじゅうとめ》がいないのをよいことに、亭主が魚の担《にな》い売りに出ちまうと暇を弄《もてあそ》んで、なんだのかんだのと言っては、うちに入り浸《びた》って……。こんなことなら、もう少し遠いところに嫁に出すんだったと思ってさ！」

幾千代が憎体口《にくていぐち》を利くが、口とは裏腹《うらはら》に、その面差しには嬉《うれ》しさが込み上げていた。

幾千代のお端女《はした》おたけが、出入りの魚の担い売りの後添いに入って、はや十月……。

「では、お半さんとおたけさんの間も甘《うま》くいっているのですね？」

「ああ、お半が出来た女ごだからね。おたけが先輩風《せんぱいかぜ》を吹かしても、はい、はい、と素直に従っているからね。つくづく、おまえさんには良い女ごを紹介してもらったと感謝しているんだよ」

「幾千代さんが新《あら》たにお端女を探さなくてはならなくなったとき、たまたま、この品川宿でお半さんに再会したのも何かの縁……。きっと、あの女《ひと》が幾千代さんの家に入る巡《めぐ》り合わせにあったのだと思いますよ。さっ、中に入りませんこと？」

おりきが帳場へと幾千代を導く。

「年の瀬の忙しいときに来て、悪かったかね？」

幾千代が長火鉢の傍に坐《すわ》りながら訊ねる。

「いいえ、構いませんのよ。てっきり多摩《たま》から花売りが来ているものと思っていましたが、そう言えば、正月前なので、次は三十日と言われていたのを失念していましたの……」

「実はさ……」

「えっ？」

おりきが茶を淹《い》れながら、上目《うわめ》に幾千代を窺う。

「いや……。そうだ！　おまえさん、先《せん》に南本宿の辻村にいた弓也という板前を知ってるかえ？」

「弓也……。辻村は知っていますが、板前の名は……」

「知らない？　ほら、瓢吉という春川の抱え芸者と手に手を取って駆け落ちした、あの板前だよ？」

ああ……、とおりきが頷く。

「そう言えば、そんなことがあったような……。けれども、わたくしはその二人とは面識がありませんのよ」

「けど、当時、あれだけ噂《うわさ》になったんだもの、話は知っているだろう？」

「いえ、詳《くわ》しくは……。ですけど、すぐに噂が収まったところをみると、辻村や春川とは円満に解決できたのでしょう？　さっ、お茶をどうぞ……」

「ああ、有難うよ。円満に解決ねえ……。まっ、近江屋の旦那やあちしが間に入って円《まる》く収めたんだがね」

「近江屋さんと幾千代さんが？」

「ああ、そういうことさ。近江屋の旦那と辻村の御亭は昵懇の間柄でさ。それで、飼《か》い犬に手を噛まれたといっても、辻村の客を奪っていったわけじゃないんだから、まあ諦めるんだな、と旦那が宥めたそうでさ。あちしの場合は春川でさ……。何しろ、春川では瓢吉が三船屋に身請《みうけ》されることが決まっていたもんだから、怒り心頭《しんとう》に発してさ……。それで、あちしが言ってやったのさ。そりゃ、春川は三船屋に身請されるほうが儲《もう》かるだろうさ、けど、考えてもみな？　おまえさん、今までさんざっぱら瓢吉に稼がせてもらったんだろ？　瓢吉の借りが十両ほどに減《へ》っているのが、そのよい証拠でさ、おまえは残りの十両が戻ってくれば御《おん》の字じゃないか！　それ以上、欲をかいて、心底尽くになった男と女ごを引き裂《さ》こうと思うんじゃないよって……。そしたら、春川のおかあさんが真っ青な顔をしてさ。それで、あちしが十両をぽいとくれてやり、証文《しょうもん》を破っちまったってわけでさ……」

　幾千代がけろりとした顔で言う。

「十両をポイって……。えっ、幾千代さんが払ったのですか！」

　おりきが驚いたといった顔をする。

「ああ……。そりゃ、瓢吉はあちしとは関わりのない芸者だよ。けど、三味線《しゃみ》や舞《まい》の稽古《けいこ》をつけてやったことがあってさァ。それで、見て見ぬ振りが出来なくてさ」

まあ……、とおりきが頬を弛《ゆる》める。

いかにも幾千代らしいではないか……。

「なんだえ、その顔は！　あちしはおりきさんだけには、お人好しと言われたくないね……。何さ、おりきさんだって、これまでおまきのことやおみのの兄さんのことで、さんざっぱらお人好しぶりを見せたくせして！」

「あら、おまきの場合は持参金のつもりでしたし、おみのの兄さん才造《さいぞう》さんがべか舟を買うお金を出したのも、おみのを嫁に出したつもりでしたことですのよ。それに才造さんは少しずつでも返してくれていますのでね。思い違いをしないで下さいませ。わたくしは幾千代さんのその気っ風のよさに惚《ほ》れ惚《ぼ》れとしているのですからね……。本当に、よいことをなさいましたわ。それで、お二人は幸せにお暮らしなのですか？」

おりきがふわりとした笑みを投げかける。

幾千代の顔に心なしか翳《かげ》りが過《よ》ぎった。

「それがさァ、先日、菊丸って姐《あね》さん芸者に最近出来たよい見世があると連れて行かれたのが、弓也さんの見世でね……」

「えっ、では、お二人は品川宿にいらっしゃったのですか！」

「いや、そうじゃないんだよ。弓也さんが品川宿に戻って来たのは最近のことでさ……。それも、瓢吉に死なれて弓也さんが自棄無茶になり、板前の仕事が手につかず酒浸《さけびた》りになっていたところを近江屋の旦那に拾われたそうでさ……」

幾千代は瓢吉がお産が原因《もと》で生命《いのち》を落としたことや、弓也が失意のあまり自棄無茶になっているところを、忠助に拾われたことなどをおりきに話して聞かせた。

「では、魚新という見世は、近江屋さんが弓也さんに出させた見世だと……。けれども、何ゆえ、近江屋さんがそんなことを……」

おりきが訝《いぶか》しそうな顔をする。

近江屋とは水魚《すいぎょ》の交《まじ》わりをしているというのに、忠助はひと言もそのことを話してくれなかったのである。

「それがさ、これは菊丸姐さんから聞いた話なんだけど、魚新の前に、そこで居酒屋を開いていた男というのが、以前、近江屋の板場にいた男でさ……。親の遺産が少しばかり手に入ったもんだから、近江屋を辞めて見世を出したんだが、なんでも手慰みに嵌っちまい、借金で首が回らなくなったというのさ……。それで、その男が近江屋の旦那に安くてもいいから見世を買い取ってくれと泣きついたというんだよ……。旦那にしてみれば、以前、自分ちにいた男の頼みとあって、無下にも断れない。ところが、見世の権利を手に入れたのはいいが、近江屋は旅籠だけで手一杯だ……。立場茶屋おりきみたいに同じ敷地内にあるのならまだしも、離れていたのでは目が行き届かないからね。それでどうしたものかと考えているときに、浅草で弓也さんに出会したというわけでさ……。聞くと、弓也さんは瓢吉に死なれてからというもの自棄無茶になり、包丁を握っていないというじゃないか……。旦那は弓也さんが辻村にいた頃を知っているものだから、恐らく、この男に見世を委せては、と閃《ひらめ》いたんだろうさ……。それで、女房を失ったからといって、いつまでも気落ちしてどうするかよ、そんなことでは死んだ瓢吉が浮かばれない、瓢吉を安心させるためにも前を向いて歩くのだ、とそう諭したっていうのさ……。弓也さんも見世をおまえに委せるので、好きにやってよいと聞き、もう一度、一からやり直そうと思ったのじゃないかな……。ところがさァ、これがなかなかよい見世なんだよ。こぢんまりとしていて、どこかしら落着ける……。料理の風味《ふうみ》合《あい》もなかなかのもんだしさ。まっ、巳之《みの》さんには到底《とうてい》敵《かな》わないんだが、材料の質さえ落とさなきゃ、充分やっていけるのじゃないかと思ってさ……」

「そうだったのですか。近江屋さんの見世とあっては、わたくしも一度お邪魔しなくてはなりませんね」

「じゃ、いつか、あらしと一緒に行ってみるかえ？」

「ええ、是非……」

「それでさァ……」

幾千代が何やら言いづらそうに、ちらとおりきを見る。

どうやら、幾千代は弓也の話がしたかったわけではなく、本題はこれからのようである。


「実は、菊丸姐さんに言われてさ……。どうやら、幾富士が京藤に誘われていることがそこら中に伝わっているらしくてね。おまえはそれでよいのか、とあちしに意見して来るじゃないか……。そりゃさ、あちしが幾富士を引き取った経緯《いきさつ》や、あの娘《こ》を一本にならせるためにあちしがどれだけ金を使ったかを知っている者は、誰だってそう思うだろうさ……。おまけに、あの娘《こ》、一時はもう二度と芸者に戻れないのではないかと思ったほどの大病をしちまっただろ？　そんな幾富士をあちしが支え続けたことを知っている者なら、何故、きっぱりと断らないのかと不思議に思うだろうさ……。けどね、先《せん》にもおりきさんに言ったと思うが、これは幾富士が決めること……。あちしはあの娘《こ》を抱え芸者のつもりで傍に置いてるんじゃなくて、実の娘のように思ってるんだからさ！　実の娘に、おまえを育てるまでに幾らかかったから、元が取れるまで傍を離れるな、と言う母親がどこにいようか……。あちしはあの娘《こ》にしてやりたかったからしたまでで、言ってみれば、あちしの勝手……。恩を返せなどと思ったことは一度もない！　親なら、娘《こ》がやりたいようにやらせてやるべきじゃなかろうかと思ってね……。それで、はっきり菊丸姐さんにあちしの腹を伝えたんだよ。姐さんも解ってくれてね。もう一度と差出しないから安心しておくれと言ってくれたんだけど、そんなことがあったもんだから、あちしの腹も決まってね。それで、夕べ《ゆん》、幾富士と腹を割って話し合ってみたんだよ……」

　幾千代がおりきを瞠める。

「それで、幾富士さんは？」

　幾千代が頷く。

「あの娘《こ》も迷っていたんだね……。伊織さんがあのままでよいわけがない、身体が不自由だからといって日向《ひなた》に出るのを避けていては、心までが蝕《むしば》まれてしまう、そのことを案じて京藤でもあの手この手と頑なになった伊織さんの心を解《ほぐ》そうとしたんだろうけど、自分がお世話することで伊織さんが幾らかでも心を開いてくれるのなら、そうするのが使命《しめい》なのではなかろうか……、とそう言うのさ。そう、こうも言っていた……。芙蓉を失ったときや、腎の臓を病み、二度と人並《ひとなみ》な暮らしは出来ないのではなかろうかと思ったとき、怖くて辛くて、陽《ひ》の光を見るのさえ息苦しかったと……。だから、幾富士には伊織さんの鬱屈《うっくつ》した思いが解るんだよ。自分があの男《ひと》の光にならなくてはとね……」

「ええ、わたくしにもよく解ります。では、幾富士さんは京藤の依頼を受けられるのですね」

「幾富士が京藤に傾いているのは間違いない……。ところが、あの娘《こ》、あちしに気を兼ねているのさ」

ああ……、とおりきも頷く。

姉のおやすが奉公先の小浜屋の主人《あるじ》に手込《てご》めにされて赤児《やや》を孕み、中条流《ちゅうじょうりゅう》で子堕《こお》ろしを強《し》いられ死亡したことを恨みに思い、産女に化けて怨念《おんねん》を晴らそうとした幾富士……。

当時はおさんと名乗っていたが、元はと言えば、大井村《おおいむら》の水呑百姓《みずのみびゃくしょう》の娘。

事情が解って罪には問《と》われないといっても、そのまま大井村に帰せば、いつ姉と同じ轍《てつ》を踏むやもしれない……。

それで、芸者になりたいというおさんを幾千代が預かることになったのであるが、出居衆の幾千代がおさんを引き受けるということは、置屋と同じことをしなくてはならないということ……。

幾千代は幾富士に芸を仕込み躾《しつけ》をつけ、半玉から一本の芸者になるときには、お披露目の掛かり費用すべてを負担《ふたん》したのだった。

ところが、一本になってさあこれからというときになり、幾富士が又一郎に騙され赤児《やや》を孕むとは……。

挙句《あげく》、妊娠腎に罹り、幾富士は赤児《やや》を死産して、その後も病で重篤《じゆうとく》な状態に……。

此の中、やっと元の身体に戻りつつあるというものの、未だに無理は出来ない。

そんな幾富士であるから、幾千代を捨てて出て行くのは、後足で砂をかけるのも同様……。

伊織のことを想えば自分が支えにならなければと思い、幾千代のことを想えば、そんな裏切りは出来ないと思う。

恐らく、この一月《ひとつき》、幾富士の気持はあっちに揺れこっちに揺れしていたのであろう。

幾千代がふふっと笑う。

「莫迦《ばか》だろ？　あの娘《こ》……。それで、言ってやったんだ。あちしに悪いなんて思うことはない、現在《いま》、おまえが考えなきゃならないのは、誰に一番求められ、誰がおまえの救いを欲しがっているかってことだ、幸い、あちしはまだ息災《そくさい》だ、おまえの助けがなくても充分やっていける……、寧ろ、これからはおまえのことを気遣わなくて済み、せいせいするってもんだ、とそう言ってやったんだよ」

「………」

おりきは幾千代を見据えた。

強がりで言っているのではなかろうかと思ったが、どうやら、そうでもなさそうである。

「本当にそれでよいのですね？」

「ああ、いいに決まってるさ」

「それで、幾富士さんはなんて？」

「あの娘《こ》、おいおいと声を上げて泣いてね……。おかあさん、済みません、いつもあたしが我儘《わがまま》を言って、おかあさんを困らせてばかりだった……、一日も早く元気になって、今度はあたしがおかあさんに孝行する番だと思っていたのに、京藤に行ってしまったのではそれも叶わないって……。てんごう言ってんじゃないよ！　あちしはあの娘《こ》に孝行してもらいたくて傍に置いたんじゃないというのにさ……」

幾千代の目が潤んでいる。

おりきの胸にも熱いものが衝き上げてきた。

「それが幾富士さんの本心なのでしょうよ。けれども、可愛いことを言ってくれるではないですか……。幾千代さん、ここまで幾富士さんを育ててきて良かったですね？」

「………」

幾千代は意味が解らなかったのか、目を瞬いた。

「きっと、現在《いま》、幾千代さんは娘を嫁に出すような想いに陥《おちい》っているのでしょうよ。親は見返りを求めて子を育てているのではないし、子が巣立っていくことに悦びと寂しさの綯《な》い交《ま》ぜになった気持になるものです。わたくしもこれまで何人もの茶立女《ちゃたておんな》や旅籠の女衆《おなごし》を嫁に出してきましたが、日頃から店衆は皆我が子と思っているものだから、毎回、同じ想いに陥りましてね……。ねっ、幾千代さんもそうなのでしょう？」

幾千代が懐《ふところ》から紅絹《もみ》を取り出し、涙を拭《ぬぐ》う。

「ああ、おりきさんの言うとおりだ……。あちし、口ではこれまでも幾富士は我が娘《こ》も同然と言ってきたけど、まさか、ここまであの娘《こ》に肩入れしていたとは……。現在《いま》になって、そのことを思い知らされたよ。幾富士の場合は嫁に出すわけじゃないが、考えてみれば、それと同じなんだもんね」

「それで、幾富士さんはいつ京藤に？」

「年明け早々……。だから、この年末はあの娘《こ》と過ごす最後のときなんだよ」

「まあ、では、もう幾日《いくにち》もないではありませんか……」

「そうなんだよ。それで、明日からはもうお座敷に出ることはないと言ったんだが、あの娘《こ》、最後まで務めを果たしたい、大晦日に見番や世話になった人に挨拶をして廻り、それで芸の道から脚を洗うつもりだと言ってさ……」

「いかにも幾富士さんらしいですわ。では、幾千代さんもお座敷を休むことなく？」

「ああ、そういうこった！　まっ、そのほうが気が紛《まぎ》れていいんだけどさ……。ああ、おりきさんに話せてすっきりしたよ！　じゃ、あちしは髪結《かみゆい》が待っているんで失礼するよ」

幾千代が立ち上がる。

「幾千代さん！」

おりきが声をかける。

えっと、幾千代が目をまじくじ、い、い、させた。

「わたくしはいつもここにいますからね！」

おりきが目まじすると、幾千代が照れたように笑ってみせた。

「ああ、解ってるよ！」

その夜は最後のお座敷が南本宿の藤波《ふじなみ》となり、幾千代は幾富士の地方《じかた》を務めることとなった。

三味線が幾千代で、地唄が菊丸である。

演目は、由縁《ゆかり》の月……。

好きでもない男に身請され、これからは想う男に逢えなくなる哀《かな》しみを、月影に寄せて切々と嘆《なげ》く遊女……。

憂《う》しと見し　流れの昔懐《なつ》かしや　可愛い男に逢坂《おうさか》の関より辛い世のならひ　想はぬ人に堰《せ》き止められて　今は野沢の一つ水　すまぬ心の中にも暫《しば》し　すむは由縁《ゆかり》の月の影　忍びて映す窓の内　広い世界に住みながら　狭《せも》う愉しむ誠《まこと》と誠　こんな縁《えにし》が唐《とう》にもあろか　花咲く里の春ならば　雨も薫《かお》りて名やたたん

静かな動きの中に、ぞくりとするほどの女ごの艶《つや》と愛惜《あいせき》の情が伝わってきて、三味線を弾《ひ》く幾千代の胸に熱いものが込み上げてきた。

ああ、幾富士は芸者やあちしへの惜別《せきべつ》で、この舞を舞っているのだ……。

弓形《ゆみなり》にくねる腰の線や指の運び、目の配りから、女ごの想いがひしひしと……。

それにしても、なんという艶《あで》やかさ！

いつの間に、幾富士はここまでの芸を身につけたのであろうか……。

女ごは悲哀《ひあい》を味わい、それを乗り越《こ》えたときに、強くも逞《たくま》しくも、また美しくもなっていく。

幾富士は又一郎に捨てられ、芙蓉を失い、病と闘《たたか》ってきて、女ごの真《しん》の美しさを身につけたのかもしれない。

幾千代は込み上げる涙と懸命に闘い、三味線を弾いた。

座敷にやんやの喝采《かっさい》が……。

幾富士が両手をつき、深々と頭を下げる。

菊丸が幾千代の耳許《みみもと》にそっと囁《ささや》いた。

「幾富士、一世一代《いっせいちだい》の晴れ舞台だったじゃないか……」

幾千代は黙って、うんうんと頷いた。

幾富士が客の一人一人に挨拶をして廻る。

「おせも、じさまにございます」

「おまえさんがいなくなると、品川宿に来る愉しみがなくなるではないか……」

「そうだぜ！　なに、幾富士は身請されるわけじゃないんだ。またすぐ戻って来るさ。なっ、幾富士、そうだよな？」

「そのお言葉、有難く胸にしまい込んでおきんす」

幾千代は幾富士が客に挨拶をして廻る姿に居たたまれなくなり、三味線を箱にしまうと、そっと席を立った。

その刹那《せつな》、堪えていた涙がつっと頰を伝う。

菊丸が追いかけてきて、紅絹をそっと手渡す。

「ああ、済まないね」

「今宵はここが最後なんだろ？　よかったら、魚新に寄って行かないかえ？」

「いや、今宵は止しておくよ」

「まっ、それもそうだ……。幾富士とは今宵と明日しか一緒にいられないんだもんね」

「まあね……」

そう言いながら階段を下りて行くと、藤波の御亭夫婦が玄関先で待ち構えていた。

「ご苦労だったね」

「今宵で幾富士とは別れだと思うと、どうしても見送らせてもらいたくてね」

「明日、まだ一日あるんだけどね」

「幾千代さんはそう言うかもしれないが、うちは今宵が最後だからね」

「ああ、そうだったね。至らぬ娘《こ》でしたが、これまでいろいろとおせもじさま……」

幾千代が頭を下げる。

「何言ってんですか！　世話になったのはこっちのほうで……。とは言え、おまえさんにはこれからも世話にならなきゃならない。まっ、ひとつ宜しく頼みますよ。あっ、幾富士さんが下りて来ましたよ」

御亭夫婦が幾富士の傍に寄って行く。

「旦那さん、女将さん、永いことおせもじさまでした」

幾富士が深々と辞儀をする。

「京藤に行ったら何もかも勝手が違い、戸惑うことも多かろうが、せいぜい気張るんだよ」

「幾富士さん、これはうちからの餞《はなむけ》だ。気持だけだが受け取っておくれ！」

女将が懐から祝儀袋《しゅうぎぶくろ》を取り出し、幾富士に渡そうとする。

「拝《おが》みんす！　今宵の祝儀は頂《いただ》いているのに、このうえ……」

幾富士が挙措《きょそ》を失い、どうしよう？　と幾千代を窺う。

幾千代は黙って受け取るようにと目まじした。

藤波を出ると、菊丸は行合橋の袂《たもと》で、じゃ、あちしはちょいと魚新を覗《のぞ》いてくるんで、と別れを告げ、問屋のほうに歩いて行った。

「菊丸姐さんから一緒にどうかと誘われたんだが、断ったよ。それでいいね？」

幾千代が幾富士の顔を覗き込む。

「ええ、今宵はおかあさんと二人だけでいたい……」

「二人だけといっても、家に戻ればお半がいるんだよ」

「姫《ひめ》もね……」

黒猫の姫のことを言っているのである。

「まあね。あらしたちは家族だからさ」

「姫に逢えなくなると思うと、なんだか寂しくって……」

「おや、言ってくれるじゃないか！　じゃ、おまえはあちしに逢えなくても寂しくないというのかえ？」

「もう！　おかあさんていけずなんだから……。それがいっち寂しいに決まってるじやないか！」

幾富士が顰《しか》め面《つら》をしてみせる。

「おまえ、今宵の由縁の月は最高だったよ！　あちし、涙が出そうになるのを懸命に堪えたんだから……」

「そう？　おかあさんにそう言ってもらえるのがいっち嬉しい！　あたしね、これまでのおかあさんへの想いをあの舞に込めたの……」

ああ、やはり、そうだったのだ……。

再び、幾千代の目に熱いものが込み上げてくる。

「ほら、見て！　月があんなに綺麗《きれい》……」

幾富士が空を見上げる。

きんと凍《い》てついた夜空に、冴《さ》え冴《ざ》えとした寒月《かんげつ》が……。

「冬の月は、本当に冴え冴えとしているね」

「品の月だもの……。品の月が見られるのも、あと二日……。元旦にはここを出て行くんだもんね」

幾千代は、ああ、これが本当に年の別れだ……、と思った。

今宵、幾富士が舞った由縁の月……。

決して、決して、忘れはしない。

「幾富士、おまえはこれからもあちしの家族だからね。どこに行こうと、あちしとおまえ、お半、姫は家族！　それだけは忘れないでおくれよ」

幾富士が脚を止め、幾千代を瞠める。

「おっかさん……」

えっと、幾千代は目を瞬いた。

「あたしね、一度、おかあさんのことを、おっかさん、と呼んでみたかったの」

ウッと、幾千代は込み上げてくる涙と闘った。

「莫迦だね、おまえは……。さっ、早く帰ろうよ！　お半や姫が待っているからさ」

幾千代はそう言うと、幾富士の手をギュッと握り締《し》めた。

初扇

日……。

元旦《がんたん》のことを鶏日《けいじつ》、鶏旦《けいたん》といい、二日が狗日《くじつ》、三日が猪日《ちょじつ》で、ここまでが正月三が日……。

因《ちな》みに四日は羊日《ようじつ》で、五日が牛日《ぎゅうじつ》、六日を馬日《ばじつ》という。

そして、七日が人日《じんじつ》となりこの日までを松の内、大正月《おおしょうがつ》とし、七日正月《なぬかしょうがつ》とも呼ばれるこの日に門松《かどまつ》や注連縄《しめなわ》が取り払われ、七草粥《ななくさがゆ》を食べる風習がある。

元旦より七日までを鶏《にわとり》、狗《いぬ》、猪《いのしし》、羊、牛、馬、人に当てたのは、人を万物の霊長《れいちょう》とみなしたからで、これらは漢国《かんこく》から伝えられたという。

「やれ、年が明けたかと思うと、もう松七日《まつなぬか》かよ……。まったく遽《あわただ》しいったらありゃしねえ！」

亀蔵《かめぞう》親分が七草粥を啜《すす》り、お菜《さい》のつもりで出した牡蠣《かき》の味噌《みそ》漬焼《づけやき》に箸《はし》を伸ばすと、おっ、こいつァ美味《うめ》ェや！　と相好《そうごう》を崩《くず》す。

「うちでも、時折おさわが作ってくれるんだが、どこかしら、ここんちのはひと味違うように思えるんだが……。はて、一体《いってえ》どこが違うんだか……」

おりきは焙《ほう》じ茶を淹《い》れながら、ふわりとした笑《え》みを返した。

「味噌が違うのではないでしょうか」

亀蔵が目から鱗《うろこ》が落ちたような顔をする。

「おっ、味噌ってか？　あっ、そうか……。おさわはもろみ味噌に漬け込むと言ってたが、ここのは八丁味噌《はっちょうみそ》か……。道理で、成る口の俺には、巳之《みの》さんの風味合《ふうみあい》のほうが口に合うってわけだ」

「いえ、それは巳之吉《みのきち》が作ったのではなくて、榛名《はるな》ですのよ」

「あっ、榛名か……。そりゃそうよのっ……。店衆《たなし》の口に入《へえ》るものを板頭《いたがしら》がいちいち作るわけがねえ……。それにしても、榛名の奴、また腕を上げたんじゃねえか？　この七草粥の塩加減《しおかげん》といい、牡蠣の味噌漬焼や大根《でえこん》の和《あ》え物……。この和え物なんざァ、桜海老《さくらえび》を混ぜて胡麻油《ごまあぶら》で香りづけしているが、なんともはや、心憎《こころにく》いことを！」

「親分にそう言っていただけるとは、榛名が聞けばさぞや悦《よろこ》ぶでしょうよ。さっ、お茶が入りましたことよ」

「おお、済まねえ……。なんせ、中食《ちゅうじき》も摂《と》らずに歩き廻《まわ》ったもんだから、とにかくなんでもいいから腹に詰めたくてよ……。そしたら、おめえが小中飯《こじゅうはん》（おやつ）に七草粥はいかがですか、と言ってくれたもんだから地獄《じごく》に仏とばかりに飛びついたんだが、まさか、こんなに美味《うめ》ェお菜までつけてくれるとは思ってもみなかったぜ」

おりきはくくっと肩を揺《ゆ》すった。

小中飯に七草粥はいかがですか、と訊《たず》ねたときの亀蔵の表情を思い出したのである。

それは、まるで幼児が飴玉《あめだま》を目にしたときの顔とおっつかっつ……。

亀蔵は芥子粒《けしつぶ》のように小さな目を更《さら》に細め、にっと嬉《うれ》しそうに頰《ほお》を弛《ゆる》めたのだった。

おやおや……。

おりきは嗤《わら》いを嚙《か》み殺すと板場に立ち、中食の片づけをしていた榛名に、七草粥の仕度《したく》は出来ているのかと訊ね、お菜もつけるようにと命じたのである。

従って、牡蠣の味噌漬焼は牡蠣を大量に仕入れたときに保存用として漬け込んでいたものを焼いただけで、大根と桜海老の和え物は店衆の中食の残り物……。

それを、ここまで悦んでくれるとは……。

「中食を食べ損《そこ》ねたとお言いですが、正月早々、何かありましたの？　あっ、お粥のお代わりは？」

おりきが亀蔵の手から飯椀《めしわん》を受け取り、木杓子《きじゃくし》で行平《ゆきひら》の七草粥を掬《すく》う。

途端《とたん》に、亀蔵は苦虫《にがむし》を嚙み潰《つぶ》したような顔をした。

「何かあったと言ゃ、そうなんだが……。いや、ちょいと引っかかることがあってよ」

「引っかかることといったら……」

おりきが訝《いぶか》しそうな顔をする。

「おめえ、唐沢轍之介《からさわてつのすけ》って男を知ってるか？」

亀蔵が箸を止め、おりきに目を据《す》える。

「唐沢轍之介？　いえ……」

「なに、知らねえって？　ほれ、十六年ほど前《めえ》に、猟師町《りょうしまち》の裏店《うらだな》に住んでいた浪人者よ。この男、滅法界喉《めっぽうかいのど》がよくてよ……。元は身分のあるお侍《さむれえ》だったようだが、禄《ろく》を失ってからは大店《おおだな》の出稽古《でげいこ》をして身過ぎ世過ぎしていたんだが、甲南屋《こうなんや》のご新造《しんぞう》に横恋《よこれん》慕《ぼ》しちまったもんだから堪《たま》んねえや……。おっ、おめえ、本当にこの話を知らねえってか？」

亀蔵が首を傾《かし》げる。

と、そこに、大番頭の達吉《たつきち》が板場側の障子《しょうじ》を開けて、お邪魔《じゃま》しやす、と帳場に入って来た。

「あっ、親分、お越《こ》しでやしたか」

達吉が亀蔵の手にした七草粥の椀《わん》に目を留《と》め、にっと笑って見せる。

「へへっ、馳走《ごち》になっていたところでよ。おう、達《たっ》つァんなら知ってるよな？　甲南屋のご新造とびり沙汰《ざた》を起こした唐沢轍之介って浪人のことを……」

亀蔵がバツの悪さを隠すかのように、達吉に訊ねる。

「唐沢轍之介？　ああ、甲南屋の若旦那の嫁に懸想《けそう》した？　ええ、当時、南本宿《みなみほんしゅく》や門《もん》前町《ぜんちょう》では、行く先々で二人のことが取り沙汰されてやしたからね。へえ、そうでやすか……。あのご浪人、唐沢轍之介といわれやすんで……」

達吉が長火鉢《ながひばち》の傍《そば》に腰を下ろす。

「なんでェ、おめえ、名前《なめえ》を知らなかったのかよ」

「いや、そりゃ聞きやしたよ。けど、ひと昔も前《めえ》のことで、当時は謡《うたい》のお師《し》さんってことで通ってやしたからね……。けど、甲南屋のご新造の名前《なめえ》は憶《おぼ》えてやすぜ。確か、照葉《てるは》さん……。けど、可哀相《かえいそう》なことをしやしたね。若い身空《みそら》で、不義密通《ふぎみっつう》の咎《とが》で亭主に切り捨てられちまったんだもんな……。ところが、唐沢ってその男、てめえ一人が逃げ延《の》び、それっきり姿を晦《くら》ましちまったというんだからよ……。男の面汚《つらよご》しとは、まさにこのこと！」

達吉が憎体《にくてい》に言う。

「だろう？　あの一件を知っている者なら、誰だってそう言うだろう？　ところが、おりきさんが知らねえときた……。十六年前《めえ》と言ャ、おめえはもう立場茶屋《たてばぢやや》おりきに来ていただろう？」

亀蔵が改まったように、おりきに目を据える。

「ええ……」

おりきが覚束《おぼつか》ない声を返す。

十六年前といえば、おりきが立場茶屋おりきの先代に拾われて二年目の頃である。

何しろおりきは武家の出とあり接客仕事は初めてのことで、先代女将《おかみ》や女中頭《じよちゆうがしら》のおうめから何事も手取り足取り教えてもらわなければならず、流言飛語《りゆうげんひご》に惑《まど》わされている余裕《ゆとり》もなかったのである。

「親分、無理を言っちゃいけやせんや。当時、女将さんはまだ女中の一人……。それこそ旅籠《はたご》衆に溶《と》け込むことに夢中で、とても世間の噂話《うわさばなし》なんぞに気を取られてる暇がねえ……。それに、先代は店衆が噂話を取り沙汰するのを極端《きよくたん》に嫌うお女《ひと》でしたからね。あっしは番頭という役目柄、外に出る機会が多いので知ってやしたが、女将さんが知らねえのは当然のこと……」

達吉がおりきを庇《かば》うように言う。

「まっ、そうかもしれねえな。十六年前《めえ》と言ャ、おりきさんは二十一か?」

「いえ、二十二歳かと……」

おりきがそう言うと、亀蔵が小さな目を一杯に見開く。

「えっ、じゃ、おめえ、三十八になったのか!」

達吉がくすりと肩を揺らす。

「何言ってやす! 親分、てめえの歳《とし》を考えてみて下せえよ。女将さんだけが歳を取らねえわけにはいきやせんからね」

亀蔵が決まり悪そうな顔をする。

「そりゃそうだ……。おりきさんがここに現れたとき四十路《よそじ》前《めえ》だった俺が、いつの間にか五十路《いそじ》半《なか》ば……。下手《へた》すりゃ、六十路《むそじ》に手が届こうって歳になってるんだもんな。ところで、達つァん、おめえは幾《いく》つになった?」

「これだよ……。親分、さっきも言いやしたが、てめえの歳を考えて下せえよ。これまで何遍《なんべん》、あっしが親分より二つ三つ歳上と言ったことか……。へっ、六十路はもう目の先でやすよ!」

「おっ、なんだか身の毛が弥立《よだ》っちまったぜ! チェッ、気が滅入《めい》っちまう……。誰でェ、歳のことを言い出したのは……」

「よく言うよ。そりゃ、親分じゃねえですか！」

「おっ、そうか……。じゃ、歳のこたァうっちゃっといてよ、話を唐沢轍之介に戻すが、当時、唐沢が甲南屋の照葉に岡惚《おかぼ》れしたと噂があっただろ？　ところが、当時、甲南屋のお端女《はした》をしていたという女《おな》ごに先《さい》つ頃質《ただ》したところ、どうもそうではねえようなのよ」

「そうではねえとは……」

達吉がひと膝《ひざ》前に身を乗り出す。

「いや、唐沢と照葉の間に恋々《れんれん》とした想《おも》いがあったのは確かなんだろうがよ……。だが、それは世間が言うような邪恋《じゃれん》ではなく、つまり、言ってみれば、照葉は甲南屋の若旦那に謀《たばか》られたのだと……」

「謀られたとは、それは一体どういうことなのでしょう」

おりきも身を乗り出す。

「お端女が言うには、甲南屋の若旦那というのは元々陰湿《いんしつ》な男らしくてよ。お端女を玩弄《がんろう》して悦《えつ》に入《い》るなんざァ日常茶飯事《にちじょうさはんじ》で、犬猫を虐待《ぎゃくたい》するだけに留《とど》めておけばよいものを、女房の照葉までを玩具《おもちゃ》にし始めたというのよ……」と言うのも、照葉の前身は柳橋《やなぎばし》の芸者だったらしくてよ。あの若旦那、それこそ、照葉なくては夜も日も明けねえとばかりに入れ込んで女房に迎えたというのに、一年もしねえうちに飽《あ》きがきちまって……。いや、待てよ。あれは飽きたのじゃなくて、可愛《かわい》さあまって憎《にく》さ百倍《ひゃくべえ》とばかりに、凌辱《りょうじょく》することに悦びを覚えたのかもしれねえ……。とまあ、真綿《まわた》で首を絞《し》めるように、ねちねちと弄《もてあそ》んだそうな。それが家人の前《めえ》だろうが客の前《めえ》だろうがお構いなく……。見かねた唐沢が割って入り、若旦那を諫《いさ》めたことも度々《たびたび》あったというからよ。ところが、そうなると、若旦那はますます照葉を嬲《いたぶ》ることが面白《おもしろ》くて堪らなくなるってもんでよ……」

亀蔵は蕗味噌《ふきみそ》を嘗《な》めたような顔をして、太息《ふといき》を吐《つ》いた。

まあ……、とおりきが眉根《まゆね》を寄せる。

「なんて酷《ひで》ェ男なんだ！　それじゃ、唐沢が照葉さんを連れて逃げたくもなるよな？」

達吉がそう言うと、亀蔵が、いや、そんなんじゃねえのよ、と首を振る。

「確かに、唐沢はそうしたいと思ったかもしれねえし、照葉も唐沢が味方をしてくれるのを見て、連れて逃げてほしいと思ったかもしれねえ……。いや、二人とも内心そう思っていたのだろうて……。だが、お端女が言うには、あの日、照葉は唐沢に縋《すが》って泣いていただけなのだと……。ところが、それを見た若旦那がいきなり、他人《ひと》の女房に何をする、俺がおめえたちの仲を知らないとでも思ってるのか、不義を働いた者がどうなるかを思い知らせてやる！」と猛り狂って、刀架けから小太刀を取り出してくるや振り回したというのよ……。唐沢は元彦根《ひこね》藩士だ。相手をねじ伏せるなんてわけもないこと……。だがよ、唐沢が扶持放《ふちはな》されとなったのも、城内で刃傷沙汰《にんじょうざた》に巻き込まれたから……。それで同じ轍《てつ》を踏むのを懼《おそ》れたのか、やっとうの持ち方も知らねえ男を相手にするのを憚《はばか》り、お端女にあとを頼むと告げてその場を逃げ去ったというのよ……。が、それが拙《まず》かった。若旦那は一旦振り上げた拳《こぶし》を下ろしづらかったのか、不貞を働くような女《おな》ごは成敗《せいばい》してやる！　といきなり照葉の腹を突き刺した……」

あっと、おりきは息を呑《の》んだ。

これでは、照葉は亭主の妄想《もうそう》で濡《ぬ》れ衣《ぎぬ》を着せられ、生命《いのち》を奪《うば》われたようなものではないか……。

そんな莫迦《ばか》なことがあってよいものだろうか……。

「けれどもそれならば、何故《なぜ》ことの成り行きを具《つぶさ》に見ていたお端女が、お上《かみ》に訴《うった》え出なかったのでしょう。確かに、不義を働いた女ごを手にかけても罪に問われません。けれども、照葉さんは不義を働いていたわけではないのですよ」

おりきが血の色を失い、唇を顫《ふる》わせる。

「おめえが業腹《ごうはら》なのも無理はねえ……。それがよ、大旦那が店衆に釘《くぎ》を刺したというのよ。この件については一切《いっさい》の口外《こうがい》はならぬと……。と言うのも、大旦那は端《はな》から息子が芸者を嫁に迎えるのを快《こころよ》く思っていなかったそうな。が、大旦那は一人息子の甲《こう》吉《きち》を目の中に入れても痛くねえほど溺愛《できあい》していてよ……。それで、息子の言うことなら……、とまるで玩具でも与えるつもりで照葉を嫁に迎えることを黙認したんだが、そこに、あんなことが起きちまった……。大旦那にしてみれば福徳《ふくとく》の百年目ってなもんで、息子が嫁を成敗したという形で収めてしまえば、気に染《そ》まない女ごと縁を切る絶好の機宜《きぎ》……。一方、店衆は店衆で、下手《へた》に騒いで見世《みせ》から暇を出されるより、見て見ぬ振りを徹《とお》したほうが得策《とくさく》と思ったのだろうて……。そんな理由《わけ》で、お端女をしていた女ごから聞けたのも、十年以上も経《た》ってからのことでよ。と言うのも、現在《いま》は煮売屋《にうりや》をしているその女ごのほうから声をかけてきてよ……。それで初めて、俺も本当のことが解《わか》ったというわけでよ。その女ご、今さら本当のことを言っても、もうどうにもならないことなんだが……、と前置きして、あのとき甲南屋で何があったのか洗いざらい話してくれた」

亀蔵が辛《つら》そうに唇をへの字に曲《ま》げる。

「何故です？　何故、どうにもならないのです？　今さら本当のことが判《わか》っても、照葉さんが二度と戻っては来ないのは解っています。けれども、あらぬ罪を着せて女房を殺《あや》めてしまった若旦那を野放《のばな》しにしていてよいはずがありません！　どんな処罰《しょばつ》が下されるのか定かでないにしても、なんらかの形で咎めを受けるべきなのではありませんか？」

おりきが珍しく業が煮《に》えたように言う。

亀蔵は辛そうに眉根を寄せた。

「出来るものなら、俺だってとっくの昔にそうしていたさ……。ところが、罪を問おうにも、甲南屋は大旦那が死んで間なしに身代限《しんだいかぎ》り……。当の若旦那は生きているのか死んでいるのか、行方《ゆくえ》知れずでよ。まっ、それで、お端女をしていた女ごも現在《いま》なら本当のことを話しても構わないと思ったんだろうて……。その女ご、こう言ってたぜ。誰にも真実を告げずにこのままあの世まで持って行くのかと思ったら、死ぬにも死にきれない、今日、親分に逢《あ》えたのも何かの縁、心の中にあるものをすべてお話しします、とな……。牛頭天王祭《ごずてんのうさい》で見廻《みまわ》りをしているときだったんだが、見世の中から俺の姿を捉《とら》え、慌てて外に飛び出してきて話してくれたってわけでよ……。可哀相《かえいそう》に、店衆は店衆で辛ェ想《おも》いをしていたのだと思うと、俺も後味《あとあじ》が悪くてよ」

亀蔵が肩息《かたいき》を吐く。

「へえェ、そんなことがあったとはよ……。けど、またなんで、親分は唐沢の話を持ち出されたんで？」

達吉が腑《ふ》に落ちないといった顔をする。

おっと、亀蔵はおりきと達吉を交互《こうご》に見た。

「そうよ！　俺《おり》ャ、一体《いってえ》なんでこんな話を……。おお、そうか！　なんで正月早々遽しくしてるかってことだったよな？」

おりきが頷《うなず》く。

「実はよ……」

亀蔵が思わせぶりな面差《おもざ》しをして、再び、おりきと達吉を見る。

「唐沢がこの品川宿《しながわしゆく》に戻って来ているらしいのよ」

おりきの胸がきやりと揺れた。


「と言うのも、この正月二日のことだ。元旦は大晦日《おおつごもり》から朝にかけて恵方詣《えほうまい》りに出掛けた連中が疲れ果てて表に出ねえもんだから町中が深閑《しんかん》としているが、二日は初荷《はつに》や年始廻りで通りがごった返《げえ》すだろ？　まっ、言ってみれば、二日が俺たち町方《まちかた》の仕事始め……。それで、利助《りすけ》や金太《きんた》と手分けして見廻りに歩いてたんだが、三田八幡宮《みたはちまんぐう》に行かせた金太と歩行新宿《かちしんしゅく》で合流したところ、金《きん》の奴が八幡宮の鳥居《とりい》を出たところで辻《つじ》謡《うたい》を見掛けたというのよ……。と言っても、辻謡なんて珍しくもなんともねえ。奴ら、人出《ひとで》のある場所で芸を売るのを生業《なりわい》としているのだからよ。金が言うには、八幡宮にも一人《ひとり》相撲《ずもう》、お千代舟《ちよぶね》、願人坊主《がんにんぼうず》といった大道芸人がいたそうな……。ところが、別に珍しくもねえ光景とあって、そのまま素通りしようとしたところ、少し離れた場所に筵《むしろ》を敷いて坐《すわ》った男に目が釘づけになったというのよ。深編笠《ふかあみがさ》を被《かぶ》って俯《うつむ》いていたので顔は見えなかったが、脚《あし》を止めて謡を聞く者などいねえというのに、誰に聴かせるというわけでもなく謡《うた》う男の朗々《ろうろう》とした声……。謡曲《ようきょく》なんぞに興味のねえ金太の身体《からだ》がぞくりと顫《ふる》えたそうでよ」

亀蔵はそこで言葉を切ると、何か考えているようだった。

「それで？」

達吉が気を苛《いら》ったように訊ねる。

「それでとは……」

「その男と唐沢にどんな繋《つな》がりがあるってんで？　だって、そうでやしょ？　親分は唐沢が品川宿に戻っているらしいと前置きして、その話を切り出したんでやすからね」

ああ……、と亀蔵が頷く。

「そうせっつくなってェのよ。金の話はそれだけで、まだ先があるんだからよ。……。次は四日の話なんだが、俺が北本宿《きたほんしゆく》の髪結床《かみゆいどこ》に顔を出したところ、待合《まちあい》にいた連中が噂話に興《きよう》じていてよ。その中には、湊屋《みなとや》の主人《あるじ》や正栄堂《しようえいどう》の旦那もいたんだが、奴らが口々に品川稲荷《しながわいなり》の鳥居前《めえ》にいた辻謡のことを話してるのよ……。辻謡をやらせるには惜《お》しい喉だとか、玲瓏《れいろう》としていて厳《おごそ》かで、あまりの素晴らしさに畏縮《いしゆく》させられちまい、傍に寄るのも怖いほどだったと……。するてェと、湊屋の主人《あるじ》が言ったんだ。どこかで聞いたことがあるような声だったと……。それを聞いて、正栄堂の旦那も膝を打ってよ。そうだ、あれは唐沢の声……と」

あっとおりきと達吉は顔を見合わせた。

「じゃ、湊屋や正栄堂は唐沢に出稽古をつけてもらっていたと？」

達吉が上擦《うわず》った声を出す。

「いや、二人とも、佐久屋《さくや》の旦那が稽古をつけてもらう場に一度立ち会っただけだというんだがよ……。だが、そのときも唐沢の喉に身が竦《すく》むような想いがしたので、まず間違《まちげ》ェねえだろうと……。俺ャ、気になったもんだから、割って入《へえ》ったのよ。おめえら、品川稲荷の前《めえ》にいた辻謡が唐沢に似ていると思ったのなら、何ゆえ、声をかけて確かめようとしなかったのかと……。そしたら、奴らが一斉《いっせい》に血相《けっそう》を変えて首を振るのよ。滅相《めっそう》もねえ、俺たちは甲南屋のことには口を挟《はさ》みたくねえし、辻謡が唐沢であろうとなかろうと、そんなことには関《かか》わりたくねえと……。そうなりゃ、おてちん（お手上げ）でェ！　それで髪結床から引き上げたんだが、そしたら翌日のこと、今度は利助が貴布禰《きふね》社《しゃ》の前《めえ》で、それらしき辻謡を見掛けたというじゃねえか……」

おりきは首を傾げた。

最初《はじめ》が芝田《しばた》町《まち》七丁目で、次が北本宿、そして南本宿と、次第に南下してきたということは……。

だとすれば、次は品川宿門前町……。

達吉も同じ想いだったのか、あっと声を上げた。

「甲南屋は南本宿と門前町の分かれ目の傍示《ほうじ》杭《ぐい》から少し南に入《へえ》った場所で、つまり、門前町……。その辻謡が唐沢だとすれば、じゃ、次は甲南屋の付近ってこと……。けど、現在《いま》は甲南屋は身代限りして、そこにはねえ。てこたァ、あの近くの寺社……」

「やっぱ、達つァんもそう思うだろ？　俺もそう睨《にら》んだもんだから、昨日今日と妙国《みょうこ》寺、品川寺《ほんせんじ》と探《さぐ》ってみたのよ。だが、神社と違って寺社の前《めえ》には大道芸人は立たねえ……。それによ、その男が唐沢だとすれば、甲南屋が身代限りになり、見世が跡形《あとかた》もねえことくれェ判ったはずだ。てことになると、奴はどこに姿を現す？」

亀蔵が仕こなし顔に言う。

「…………」

「…………」

「どうしてェ、解らねえってか？　あのとき、お端女にあとを託《たく》して姿を晦ませた唐沢の耳にも、当然、照葉が亭主の手にかかったってことが入《へえ》っているはず……。唐沢は照葉と実際に情を交《か》わしたわけじゃねえ。だがよ、胸の内では照葉を不憫《ふびん》がり、愛《いと》しく思っていたのじゃねえかと……。しかもよ、てめえのせいで照葉が亭主に成敗されたとなると、唐沢も座視《ざし》するわけにはいかねえのじゃなかろうか。なんとしてでも、一矢報《いっしむく》いなきゃ気が済まねえ……。唐沢がそう思い品川宿に戻って来たとすれば、既《すで》に、甲南屋は滅亡《めつぼう》の一途《いっと》を辿《たど》った後……。するてェと、次に唐沢がしなくちゃならねえのは、照葉の御霊《みたま》を弔《とむら》うこと……」

おりきと達吉があっと顔を見合わせる。

「海蔵寺《かいぞうじ》……」

「不義密通で処罰された者が行き着く先は、投込塚《なげこみづか》……。海蔵寺に違《ちげ》ェねえ！」

「俺もそう思った……。それで、昨日今日と海蔵寺に探りを入れたってわけでよ」

亀蔵が深々と息を吐く。

「現れなかったのですね？」

おりきがそう言うと、亀蔵はガクリと肩を落とした。

「寺の住持《じゅうじ》や周囲《まわり》の者にも訊ねてみたんだが、辻謡の姿を見た者は一人もいなかった……」

「じゃ、やっぱり、皆が見た辻謡は唐沢じゃなかったのじゃ……。声が似ていたというだけで、誰一人、顔を見たわけでも話したわけでもねえんでやすからね。それに、親分も親分だ！　思い込みが激しいとはこのことで、端から、その男のことを唐沢と決めつけてるんだからよ」

達吉が呆《あき》れ返ったような顔をすると、亀蔵は苦々《にがにが》しそうに唇を噛んだ。

「別に決めつけてるわけじゃねえんだがよ……。岡っ引きの勘《かん》というか、最初《はじめ》に金から話を聞いたとき、ピンと来ちまったもんでよ。が、考えてみれば、あれからもう十六年だ。唐沢に何か腹があるとすれば、とっくの昔にしていただろうからよ」

達吉も頷く。

「そうですぜ！　意趣返《いしゅげえ》しをしてェのなら、甲南屋が健在《けんざい》なうちにしただろうし、すぐには動けねえ事情が何かあったにしても、十六年は長すぎる……。へへっ、親分、とんだ無駄骨《むだぼね》を折っちまいやしたね」

が、どうしたわけか、おりきが深刻な面差しをしている。

「女将さん、どうかしやしたか？」

達吉が訝しそうにおりきを見る。

「いえ……。確かに、親分や達吉の言うとおりなのですが、今年が十六年ということが気にかかりましてね」

「…………」

「…………」

亀蔵も達吉もとほんとする。

どうやら、意味が解らないようである。

「親分、照葉さんがご亭主に殺められたのは、十六年前のいつでしたか？」

あっと、亀蔵は色を失った。

「確か、七日正月……。つまり、今日ってことか！」

「今日は祥月命日《しょうつきめいにち》。女将さん、十七回忌じゃありやせんか！」

達吉の顔から色が失《う》せた。

「…………」

「…………」

「…………」

三人は言葉を失い、困惑《こんわく》したように互《たが》いに目を見合わせた。

暫《しばら》くして、亀蔵が口を開く。

「違《ちげ》ェねえ……。唐沢が照葉を弔いにやって来たんだ……。いや、待てよ。もしかするてェと、唐沢はもうこの世にいねえのじゃ……それで、生き人の身体を借りて品川宿に現れたのじゃ……」

「おお、鶴亀鶴亀《つるかめ》……。止《よ》して下せえよ、親分。それじゃ、唐沢は品川宿の住人に、誰か一人でも十六年前《めえ》のことを思い出せ、照葉の悔《くや》しさを解ってやってくれ、と言いたかったというんでやすか？」

達吉が態《わざ》とらしく身震いしてみせる。

「だとすれば、少なくとも、私たち二人は今日が照葉さんの十七回忌だということに気づいたということ……。達吉、巳之吉との打ち合わせにまだ半刻《はんとき》（一時間）ほどあります。わたくしは海蔵寺に詣《まい》ってきますので、あとを頼みますね」

おりきが立ち上がる。

「おっ、待ちなよ！　まったく、おめえって女ごは気が早《はえ》ェんだから……。俺も行くからよ！」

亀蔵が苦笑《にがわら》いをしながら、後を追う。

達吉はそんな二人を見送りながら、やれ、と肩息を吐いた。


海蔵寺の山門《さんもん》を潜《くぐ》ると、投込塚の前に見覚えのある後ろ姿を捉えた。

「おっ、ありゃ幾千代《いくちよ》じゃねえか！」

亀蔵が驚いたように、おりきに囁《ささや》きかける。

「ええ、そのようですわね」

「あいつがしょっちゅう海蔵寺に詣るのは知っていたが、まさか、ここで出会《でくわ》すとはよ……。おっ、幾千代！」

亀蔵の声に、幾千代はハッと振り向いた。

「おや驚いた……。親分とおりきさんが一緒だとは、また珍しいことがあるもんだ。二人して、一体どうしたのさ」

幾千代が小走りに寄って来る。

「それが、今日が甲南屋の照葉さんの祥月命日、いえ、十七回忌と判ったものですから、急遽《きゆうきよ》、裏庭の菊を切ってお供《そな》えに参りましたのよ」

「甲南屋の照葉って……。ああ、不義密通の咎で、亭主に成敗されちまった？」

「では、幾千代さんもご存知だったのですね」

「そりゃ知ってるさ。当時、この界隈《かいわい》では、照葉さんと謡曲のお師さんの話題で持ちきりだったからさ……。そうかえ、今日があの騒ぎがあった日ね……。随分昔のことで、すっかり忘れちまってたよ。じゃ、そうと判ったからには、もう一度、あちしも投込塚に手を合わせようかね」

幾千代がくるりと背を返す。

投込塚の前には、たった今、幾千代が手向《たむ》けたのであろう小菊が供えられていた。

おりきは手にした小菊をそっと幾千代の小菊の脇に差し込み、手を合わせた。

その刹那《せつな》、すっと冷たい風が項《うなじ》を掠《かす》めていった。

線香の煙が大きくうねりを描《えが》く。

「現在《いま》、照葉さんが応《こた》えてくれたよ」

幾千代がぽつりと呟《つぶや》く。

「あちしはいつも半蔵《はんぞう》や鈴ヶ森《すずがもり》で処刑された名前も知らない罪人《ざいにん》たちに語りかけてるんだ。そしたら、必ず、何かの形で応えてくれる……。照葉には、無念《むねん》だったね、来世《らいせ》では必ずよい男に巡《めぐ》り逢うんだよって言ってやったのさ。ほら、煙が一瞬うねっただろう? あれは、祈りが伝わったってことでさ……。とにかく、あちしはそう信じているのさ」

「幾千代さんは照葉さんと面識がおありになりますの?」

投込塚の前で腰を下ろしたおりきが、幾千代を見上げる。

「ああ……。柳橋で芸者をしていた女ごが甲南屋の莫迦息子に落籍《ひか》されたというじゃないか……。あんな随八百《ずいはっぴゃく》(勝手気儘《かってきまま》)な穀立《ごくた》たずの嫁になって大丈夫なんだろうかと気が気じゃなくて案じていたんだが、やっぱり、あんなことになってしまって……」

幾千代が溜息《ためいき》を吐く。

「おう、そうか……。幾千代は甲南屋の甲吉を知っているんだな?」

亀蔵が言う。

「ふン、あの男には何度食われた(ケチをつけられる)ことか! とにかく、女ごと見たら片っ端《ぱし》からちょっかいを出すんだからさ……。そんなに女ごが欲《ほ》しけりゃ、妓《ぎ》楼《ろう》に行け、とどしめいてやったんだが、あいつ、女郎は御座《おざ》が冷める（興醒《きょうざ》めする）、気位《きぐらい》の高い芸者を転がしてこそ男冥利《おとこみょうり》に尽きる、といけしゃあしゃあと言うじゃないか！　それで、あちしと菊丸姐《きくまるねえ》さんとで、あいつが二度と品川宿でつき上がり（図に乗る）しないように、天井《てんじょう》を見せて（酷《ひど》い目に遭《あ》わせる）やったのさ……」

幾千代がぷっと思い出し笑いをする。

「天井を見せたとは……」

おりきが立ち上がり、幾千代を窺《うかが》う。

「おっ、俺も聞きてェや。一体《いってえ》、何をしたというのよ」

亀蔵が興味津々《きょうみしんしん》に乗ってくる。

「ふふっ、それがさァ、勿論《もちろん》、これは見番《けんばん》と相談してやったことなんだけど、甲吉のお座敷から三十路《みそじ》前の芸者を悉《ことごと》く外《はず》してやったのさ。甲南屋からお座敷がかかると、あちしや菊丸姐さん、成駒《なりこま》といった二十路過ぎの女ごで固めてさ……。甲吉が若い女ごを呼べと臍《へそ》を曲げたところで、生憎《あいにく》他の姐《こ》は塞《ふさ》がってましてって、と柳に風……。そんなことが二度三度続き、あいつ、ふっつり姿を見せなくなってね。ところが、甲吉の奴、品川宿が駄目ならと柳橋まで脚を延ばしてさ……。可哀相《かわいそう》に、照葉は甲吉の餌食《えじき》にされちまったんだよ。だから、あんなことがあり、あちしも責めを負《お》わずにはいられなかった……。堪忍《かんにん》え、照葉……。おまえが謡のお師さんに救いを求めた気持があちしにはいたいほどに解るよ……」

「幾千代が投込塚に向かって、もう一度手を合わせる。

「幾千代、おめえは照葉が本当に唐沢という浪人と鰯《いわし》煮た鍋（離れがたい関係）になっていたと思うのかよ？」

亀蔵がそう言うと、えっと、幾千代が目を瞬《しばたた》く。

「違うんだね？　ああ、やっぱり、そうだったのかえ……。いえね、あちしも甲南屋の話には嘘《うそ》があるように思えてならなかったのさ。だって、そうだろう？　照葉とお師さんが本当に心底尽《しんていず》くになっていたのなら、亭主に見つかると解っていて、わざわざ己《おのれ》の家でじょなめく莫迦がどこにいようかよ！　真猫《しんねこ》やりたきゃ、裏茶屋《うらぢゃや》這入《ばい》りをすればいいんだからさ……。それなのに、甲吉の奴、てめえんちで女房が他の男と濡《ぬ》れの幕を演じるのを目《ま》の当たりにし、カッとして手にかけたというじゃないか！　だったら、男のほうも成敗するのが筋……。ところが、男の姿は影も形もないとくるんだもんね。万八《まんぱち》（嘘）だということは明々白々《めいめいはくはく》……。けどよ、そうだとすれば、実に酷《ひど》い話じゃないか！　罪もない照葉を、あいつはぶっ殺しちまったんだからさ。親分、それが解っていて、なんで泰然《たいぜん》と構えてるのさ！　甲吉の奴をしょっ引いて、鈴ヶ森で唐沢らしき辻謡の姿を見かけたという者が何人もいることなどを話して聞かせる。

亀蔵が甲南屋のお端女をしていた女ごから聞いたことや、正月二日からこの品川宿
「幾千代、まあ、気を鎮《しず》めな。実はよ……」

幾千代が甲張《かんば》った声で鳴り立てる。

に送っておくれよ」


「唐沢らしき辻謡……」

幾千代が尻毛《しりげ》を抜かれたような顔をする。

「実は、あちしも見たんだよ。それも、ついさっき……。おまえさんたちがここに来る少し前のことなんだけどね。あちしは毎月ここにお詣りに来るが、半蔵の祥月命日以外は、日が決まっていなくてね。今日は七日正月でもあるし、突然その気になって来てみたんだが、塚の前に先客がいてね……。接《つ》ぎ当てした色褪《いろあ》せた黒紋付《くろもんつき》を着て、腰には大小を差しているじゃないか……。深編笠を被っていたんで顔は見えなかったんだが、片手に扇《おうぎ》、もう片方の手に鼓《つづみ》を持っていてね。その男《ひと》、あちしの気配に気づくや、ハッと逃げるようにして去って行ったが、今言われてみると、あれが唐沢って男じゃなかったのかと……。けど、妙なんだよ。咄嗟《とっさ》にあちしが山門のほうに目をやると、その男《ひと》、山門を潜ると、すっと姿を消してさ……。あちしは思わず目を疑った

よ。常なら、山門を出ても、暫くは後ろ姿《うし》が見えているはず……。それなのに、目を皿のようにしてみても、どこにも姿がないんだよ。それで、ではやっぱりさっきのは幻覚《げんかく》で、本当はそんな男はいなかったのじゃなかろうかと、正《まさ》な話、理由《わけ》が解らなくなっていたんだよ」

おりきと亀蔵が顔を見合わせる。

「実は、わたくしたちも戸惑《とまど》っていましてね……。もしかすると、唐沢さんは既にこの世の男《ひと》でなくて、今日が照葉さんの十七回忌に当たることを知らせたくて、こんな形で少しずつ私たちが思い出せるように仕向けたのではなかろうかと……。それで、急遽、親分と二人で照葉さんのお詣りに来ましたの」

「そういうこった……。が、今のおめえの話を聞いて、ますますそう思えてきたぜ。唐沢はもうこの世にゃいねえ……。でなきゃ、これまで一度も品川宿に姿を現さねえはずがねえからよ……」

おりきと亀蔵の言葉に、幾千代も頷く。

「ああ、あちしもそう思うよ。じゃ、もしかすると、あちしが今日ここに来る気になったのも、照葉のことを案じていたあちしに唐沢が本当のことを知らせようと……。つまり、虫の知らせとは考えられないかえ？　だから、ここでわざわざあちしと親分たちを引き合わせ、親分の口から本当のことをあちしに伝えさせた……。ああ、そういうことだったのかえ。今日が照葉の十七回忌だったとはね……。照葉、もう一度拝《おが》ませておくれ。おまえ、唐沢にはもう逢えたかえ？　逢えたのだとしたら、誰に気を兼ねることはない！　今度こそ、護《まも》ってもらい、可愛がってもらうんだよ。あちしはさ、業《ごう》が深いもんだから、まだ半蔵の許《もと》には行けないんだよ……。けど、それも宿命《さだめ》。あちしにはまだこの世で果たさなきゃならないことがあるってことなんだろうからさ……。照葉、約束するよ！　今後ここに詣ったら、心を込めておまえのことも祈るからさ……。照葉、安らかに眠っておくれ……」

幾千代は声を顫わせ呟いた。

おりきの頬をつっと涙が伝う。

照葉さん、わたくしは一度もおまえさまに逢ったことがありませんが、今日こうしてここに導《みちび》かれたのは、何かの縁……。今後は常におまえさまのことを頭の片隅《かたすみ》に置き、何ゆえ現在《いま》、わたくしがこの世に生かされているのか、何をしなければならないのかを考え、生きていきとうございます……。

生きていくことの意義……。

そのことを教えて下さったおまえさまに感謝いたします。有難《ありがと》うございました。

胸の内で、照葉にそう語りかける。

涙が後から後から頬を伝った。

「さっ、もういいだろう？　そろそろ帰《けえ》ろうじゃねえか」

亀蔵の声にハッと我に返り、おりきと幾千代は慌てて涙を拭《ぬぐ》った。

「莫迦だね、あちしたちって！　何かといえば涙を流しちまう……。焼廻《やきまわ》っちまったってことかね？」

幾千代は照れ隠しのつもりか、声を上げて笑った。


おりきはまだ少し話があるという幾千代を伴《ともな》い、立場茶屋おりきに戻った。

「おっ、やっと戻って来なさった！　さっきから何遍《なんべん》も、巳之吉が女将さんはまだかと帳場を覗《のぞ》きにやって来やしてね。へっ、今、呼んで参《めえ》りやしょう」

達吉はおりきの姿を認めると、やれと安堵《あんど》したように息を吐き、板場の巳之吉に知らせに走った。

「忙しそうだね。あちしは出直そうか？」

幾千代が気を兼ねたように言う。

「いえ、夕餉膳《ゆうげぜん》の打ち合わせですので、いらっして下さってても構いませんのよ」

おりきが茶の仕度を始める。

「巳之吉でやす」

板場側の障子の外から声がかかり、巳之吉が入って来る。

「あっ、幾千代姐さん、お越しでやしたか……」

巳之吉が幾千代の顔を見て、慌てて頭を下げる。

「京藤《きようふじ》の紅葉狩《もみじが》りの宴《うたげ》では、幾富士《いくふじ》が世話になったね。あの娘《こ》、足手纏《あしでまと》いになったのじゃないかえ？」

「足手纏いだなんて滅相もねえ！　幾富士さんのお陰で、若旦那に悦んでもらえることが出来やしたんで……。感謝しなくちゃならねえのはあっしのほうで……」

「てんごうを！　巳之さんの料理が美味かったから、口喧食の進まない伊織《いおり》さんが食べてくれたんじゃないか……。いくら幾富士のことを気に入ったからって、伊織って男《ひと》は料理が美味くなきゃ、無理して箸をつけるような男じゃないからさ」

「そう言っていただけると有難《ありがて》ェが、ちょいと小耳に挟んだのでやすが、幾富士さんが京藤に行かれたとか……」

巳之吉が上目《うわめ》に幾千代を窺う。

幾千代の顔につと翳《かげ》りが過《よ》ぎった。

「あっ、済みやせん。余計《よけい》なことを言ってしめえやした……」

「なに、いいってことさ！　ああ、元旦、あちしと一緒に若水《わかみず》を汲《く》み、屠蘇《とそ》や雑煮《ぞうに》、福茶《ふくちゃ》で新年を祝って、麻布宮下町《あざぶみやしたちょう》から来た迎えの駕籠《かご》に乗ってったよ……」

「お寂《さみ》しくなりやしたね」

「天骨《てんこち》もない！　新年早々、お座敷が幾つもかかってね。寂しいなんて言っている暇もなかったよ」

「…………」

巳之吉は口を閉じた。

幾千代が強がりを言っているのが、ひしひしと伝わってくる。

おりきは慌てて話題を替《か》えた。

「巳之吉、打ち合わせに入りましょうか」

「へい」

巳之吉が頷き、懐《ふところ》の中からお品書《しながき》を取り出す。

「今宵《こよい》の夕餉膳は七日正月らしく、題して、初扇《はつおうぎ》……。まず、先付《さきづけ》でやすが、海鼠《なまこ》と海鼠腸《このわた》の下ろし和えで、柚子《ゆず》と三つ葉を添《そ》えてやす……。続いて八寸《はっすん》となり、これはお重《じゅう》の中に漆丸皿《うるしまるざら》を置き、その上に、柚子釜《ゆずがま》、海老雲丹《えびうに》蠟焼《ろうやき》、紅白百合根《こうはくゆりね》きんとん、絵馬《えま》蒲鉾《かまぼこ》、蛇腹胡瓜《じゃばらきゅうり》、子持若布《こもちわかめ》の串刺《くしざ》し、慈姑《くわい》、鱲子《からすみ》を……」

巳之吉が絵つきお品書を指で差しながら説明すると、幾千代が目を輝かせて覗き込む。

「へえェ、これが巳之さんの絵つきお品書か……。黒漆《くろうるし》のお重の中に、赤漆《あかうるし》の丸皿。その上に柚子釜の黄色や紅白の百合根きんとんを載《の》せ、柚子の葉や胡瓜の緑に、鱲子の橙色《だいだいいろ》……。彩色《さいしき》されていなくても、まるで目に見えるようだよ！　初扇ねえ……。ああ、まったくだ！　あちしたち芸者は春襲《はるかさね》、初扇を身につけて新年を迎えるからね。これはまるであちしたちのためにあるような八寸じゃないか！」

「何言ってやがる！　これは客に出す八寸で、姐さんのためじゃねえってことを忘れねえでくんな」

帳場に戻って来た達吉が、槍《やり》を入れる。

「解ってるさ、そんなこと！」

幾千代が達吉を睨《ね》めつける。

が、巳之吉はそんな二人を見ても意に介《かい》さず、続けた。

「続いて向付《むこうづけ》となりやすが、今宵は平目《ひらめ》の薄造《うすづく》りと車海老《くるまえび》……。山葵《わさび》と二杯酢《にはいず》の両方を用意いたしやす。そして椀物《わんもの》が蟹真丈《かにしんじょう》、椎茸《しいたけ》、人参《にんじん》、小松菜《こまつな》の葛《くず》仕立てでやす」

「それで、焼物《やきもの》が鰆味噌《さわらみそ》漬《づけ》、卵の黄身《きみ》味噌漬の宝楽焼《ほうらくやき》、菊花蕪《きくかかぶ》添えで、炊《た》き合わせが鯛蕪《たいかぶら》……。そして酢物《すのもの》が蟹《かに》と胡瓜の和え物で、最後が蕪粥《かぶがゆ》ですね。それで蕪粥とは？」

おりきが訊ねる。

「へっ……。まず、土鍋《どなべ》で粥を炊きやす。その中に、擂《す》り下ろした聖護院蕪《しょうごいんかぶら》に出汁《だし》、醤油《しょうゆ》、味醂《みりん》を加えて軽く絞《しぼ》ったものを混ぜ、更に蒸《む》し鮑《あわび》の切り身。卵を加え、仕上げに焼き海苔《のり》を散らしやす。優《やさ》しい風味《ふうみ》合《あい》かと……」

するると、幾千代が割って入ってくる。

「巳之さん、大したものじゃないかえ！　締《し》めに粥を持ってくるとは、おまえさんの気扱《きあつかい》には驚いちまったよ。正月の馳走《ちそう》疲れした胃袋《いぶくろ》にはなんといっても粥が最高！　しかも、ただの粥じゃなくて、擂り下ろした蕪に鮑の切り身が入っているなんて、なんて憎《にく》いことを……。ああ、一度でいいから、あちしもこれを食べてみたいよ！」

「ええ、ようござんすよ」

巳之吉がけろりとした顔で言う。

「えっ、いいのかえ？」

「ええ。但《ただ》し、粥はお客さまにお出しする最後となりやすんで、さあて、五ツ（午後八時）前《めえ》になりやしょうか……。その時刻にお見えになれるようなら、姐さんの粥も仕度しておきやすんで……」

「五ツ前……。ああ、今宵のお座敷は七ツ半（午後五時）の澤村《さわむら》だけだから、お座敷を終えて急いでこっちに廻ってくれば、なんとか間に合いそうだよ。そうと決まったからには、あちしは大急ぎで身支度《みじたく》に戻らなきゃ……。おりきさん、話はそれからだ！　じゃ、おさらばえ！」

　幾千代が大慌てで帳場を出て行く。

　達吉が呆れ返ったように肩を竦める。

「なんでェ、あれは……。へっ、現金なもんだぜ。幾富士がいなくなって潮垂《しおた》れた顔をしていたくせして、蕪粥を食わせてやると聞いた途端《とたん》、掌《しのひら》を返《けえ》したみてェによ！」

「大番頭さん、よいではないですか。蕪粥ひとつで気が爽《さわ》やぐのですもの、何よりですわ」

　おりきが頬を弛《ゆる》める。

　海蔵寺から街道に下り、常ならそこで猟師町の仕舞《しも》た屋に戻る幾千代が、どこかしら別れがたそうな様子に、おりきはおやっと思ったのだが、案の定、まだ少しいいかえ、と幾千代が声をかけてきた。

「巳之吉と打ち合わせがありますが、ええ、かまいませんことよ。では、旅籠《はたご》に参りましょうか」

そう言って幾千代を伴い戻って来たのだが、話があると言ったきり口を噤《つぐ》んでしまった幾千代に、おりきは気が気ではなかったのである。

表向きは相も変わらず強気なことを言っているようでも、顔は正直で、どこかしら寂しげなのが隠せない。

幾富士が京藤に引き取られて一廻り《ひとまわ》り（一週間）……。

思うに、現在《いま》が一番寂しさが募《つの》るときなのであろう。

だが、蕪粥で幾千代の気が爽やぐのであれば、お安いご用……。

「巳之吉、わたくしもお相伴《しょうばん》してもよいかしら？」

おりきが巳之吉に目まじする。

「あっ、それがようございますね。では、女将さんの夜食は幾千代姐さんとご一緒ということで、他にも何か見繕《みつくろ》っておきやしょう」

「そうしてくれるかえ？」

「おっ、なんでェ、なんでェ！　誰か忘れちゃいやせんか？」

達吉が槍を入れてくる。

「まっ、大番頭さんは……。巳之吉、大番頭さんの夜食も頼みましたよ」

達吉は決まり悪そうに、へへっと月代《さかやき》に手を当てた。

「姐さんが女将さんに話してェことがあるこたァ知ってやす。だから、あっしは夜食を済ませたら、雲を霞《かすみ》と消え去りやすんで……」

おりきはくすりと肩を揺らした。

達吉も幾千代の寂漠《じゃくばく》とした想いが解るのであろう。

現在《いま》、幾千代の心に空《あ》いた隙間《すきま》を埋《う》めてやれるのは、おりきしかいないことも……。

「じゃ、あっしはこれで……」

巳之吉が立ち上がりかけ、思い出したようにおりきに目を据える。

「そう言えば、真田屋《さなだや》の源次郎《げんじろう》さんと三橋屋《みつはしや》の育世《いくよ》さんの結納《ゆいのう》はもうすぐでやすね」

「ええ、小正月《こしょうがつ》と聞いていますが……」

「それで、祝言《しゅうげん》は？」

「確か、桜が咲く頃と聞いていますが、源次郎さんは二度目ということもあり、あまり派手《はで》にしたくないそうですのよ」

おりきがそう言うと、達吉が不服そうに唇を尖《とが》らせる。

「真田屋じゃ二度目かもしれねえが、育世さんは初めてのこと……。しかも、三橋屋ほどの大店《おおだな》なら、一人娘を嫁《とつ》がせるに際し、せめて人並《ひとなみ》な祝言を挙《あ》げてやりてェと思うのじゃなかろうか……。源次郎さんが真田屋の婿《むこ》に入《へえ》るときには、巳之吉が祝膳《いわいぜん》を作らせてもらったんだ。此《こ》度《たび》もそういうわけにはいかねえのでしょうかね？」

「真田屋さまではそのおつもりなのですよ。けれども、肝心《かんじん》の源次郎さんがよい顔をなさらないようで……。恐らく、こずえさんに済まないと思う気持がおありなのでしょう。実はね、真田屋さまと高麗屋《こうらいや》さまの連名で文《ふみ》を頂《いただ》いていますのよ。是非《ぜひ》、近日中にも源次郎さんに逢い、わたくしの口から説《と》き伏せてほしいと……」

おりきが困《こう》じ果てた顔をする。

「女将さんが源次郎さんを……。で、それはいつで？」

「それが、明後日《あさって》ですの。大崎村《おおさきむら》の寮で内儀《ないぎ》がお手前《てまえ》をするので是非にと誘《さそ》われていましてね。いえ、正式な茶会ではありませんのよ。真田屋ご夫妻《ふさい》に源次郎さん、それに高麗屋さまだけだそうですのでね」

「じゃ、その席で、皆して源次郎さんを説得しようって腹で……」

達吉が身を乗り出す。

「恐らく、そうなのでしょうね」

「へっ、解りやした」

巳之吉が納得したように頷く。

「巳之吉、此度も祝膳を依頼されるようでしたらお請《う》けしても構わないのですね？」

おりきが巳之吉を瞠《みつ》める。

「へっ、源次郎さんとは、余命《よめい》幾《いく》ばくもねえこずえさんが茶会を開かれたときからの縁……。とことん付き合わせてもらいてェと思ってやすんで……」

巳之吉も真っ直《す》ぐにおりきを瞠めた。

おりきと巳之吉の視線が絡《から》まる。

言葉に出して言わなくても、二人の想いは同じ……。

亡くなったこずえさんのためにも、源次郎さんには幸せになってもらいたい……。

二人には、それを見守る使命があるように思えるのだった。


幾千代は五ツを少し廻った頃やって来た。

「遅くなっちまって……。それがさァ、澤村の客の中に、唐沢の消息《しょうそく》を知っている者がいてさ……」

幾千代は五ツ紋の褄《つま》を取り、すすっとおりきの傍に寄って来た。

こうしてみると、幾千代は五十路を過ぎても艶《つや》っぽい。

「唐沢の消息って、えっ、じゃ、奴は生きてたんでやすか！」

達吉が驚いたように目をまじくじさせる。

「それがさァ、とっくの昔に死んでたんだよ」

お茶を淹れていたおりきの手が、ぎくりと止まる。

「とっくの昔とは……」

「照葉が亭主の手にかかったのが、十六年前の一月七日……。唐沢はまさか甲吉がそこまでやるとは思わず、己がいたのではますます話がややこしくなると思い姿を晦ませたそうなんだが、立行《たちいき》していくためには金を稼《かせ》がなきゃならない……。それで、武家の矜持《きょうじ》をかなぐり捨て、浅草奥山《あさくさおくやま》で大道芸人の仲間に加わり、辻謡をしていたそうなんだよ。が、そんなとき、風の便りに照葉が亭主に殺められたことを知ったんだろうね。唐沢は周囲《まわり》にいた者が驚いて腰を抜かしそうになるほどの大声を上げたかと思うと、間髪《かんはつ》を容《い》れず、その場で喉を掻《か》き切ったというのさ……。それが、照葉が死んで二月《ふたつき》後のことだというんだよ」

おりきはと胸を突かれ、絶句した。

もしや……、と危惧《きぐ》していたことが当たってしまったのである。

恐らく、唐沢は己だけあの場を去ってしまったことを悔《く》いていたのであろう。

確かに、何もかもが甲吉の陰湿な邪推《じゃすい》から始まったことで、唐沢には非《ひ》がなかった。

だが、甲吉の性癖《せいへき》を知る唐沢には、その後、照葉がどうなるかくらい解っていたはず……。

武士ならば、虎《とら》の尾を踏むと解っていても、対峙《たいじ》しなくてはならないときがある。

それなのに、刀の使い方も知らない町人とは対峙できない、と照葉を残して逃げてしまった唐沢……。

唐沢にはそれが詭弁《きべん》に過ぎないことも解っていた。

思うに、唐沢は照葉を置いて逃げたことへの悔恨《かいこん》に、日夜苛《にらやさいな》まれていたのであろう。

一縷《いちる》の望みは、照葉が甲吉の嗜虐《しぎゃく》に耐《た》えながらも、生きていてくれること……。

が、その望みが絶《た》たれたとき、唐沢は己を罰する以外なかった……。

割腹《かっぷく》を選ばず喉を掻き切ったのは、斬首《ざんしゅ》の意味だったのかもしれない。

ああ、そこまでして……。

おりきの顔が蒼白《そうはく》になったのを見て、達吉が気遣《きづか》わしそうに覗き込む。

「女将さん、大丈夫《でえじょうぶ》でやすか？」

「ごめんよ。言わないほうがよかったかね……」

幾千代が心配そうに眉根を寄せる。

「いえ、言って下さってよかったのです。これで、わたくしの中で澱《おり》となって溜《た》まっていたものが、すっと下りていきました……。いえね、鬼胎《きたい》を抱《いだ》いていたことがあまりにも的中《てきちゅう》してしまい、少し動揺してしまいましたの。唐沢さんは、自《みずか》ら出来ない代わりに、照葉さんのために手を合わせてやってくれ、とわたくしたちにそう伝えたかったのではないでしょうか……」

幾千代も達吉も、目から鱗が落ちたような顔をした。

と、そこに、おうめとおきちが夜食を運んで来た。

「おいでなさいませ」

おきちが頭を下げる。

「幾千代さんのお越しが遅いので、案じていたんですよ」

おうめがそう言いながら、てきぱきと配膳《はいぜん》していく。

「巳之さんに謝っておいておくれ。ちょいと野暮用《やぼよう》に手を取られちまったもんでね」

幾千代が恐縮したように言う。

「大丈夫ですよ。板頭は何もかも解っていらっしゃいますんで……。さあ、召し上がって下さいませ。蕪粥は土鍋に一杯ありますんで、お代わりをして下さいね。じゃ、あとはお委《まか》せいたしますね」

おうめは三人の茶椀に一杯ずつ粥を装《よそ》うと、土鍋を長火鉢にかけて去って行った。

「まっ、なんて豪華版《ごうかげん》なんだえ！　まさか、ここんちじゃ、これが旅籠衆の夜食ってわけじゃないだろうね？」

幾千代が目を瞠《みは》る。

「てんごうを！　今宵は姐さんのお陰であっしも馳走が口に入《へえ》るってもんで……。それでなきゃ、他の奴らと一緒に魚のアラと残り野菜で作った粕汁《かすじる》で夜食を済ませていただろうからよ」

達吉が片目を瞑《つぶ》ってみせる。

「おや、粕汁も美味そうじゃないか！　身体が温まるだろうからさ」

「なら、姐さんはこいつを止して、粕汁にしやしょうか？」

達吉がちょうくら返す。

幾千代はべっかんこをしてみせた。

「おかっしゃい！　あちしは蕪粥に胸を弾《はず》ませてやって来たんだからさ！　けど、この蕪粥、美味いじゃないか。思っていたとおり、鮑の風味合がなんとも言えないね」

「けれども、蕪の風味が埋もれてしまったのでは……」

おりきが首を傾げると、幾千代は大仰《おおぎょう》に指を振ってみせた。

「なに、これでいいんだよ。鮑や卵、海苔の風味に比べれば、蕪はどうしても負けてしまう……。だから、巳之さんは蕪を擂り下ろすことで、舌先に存在を伝えさせようとしたんだからさ」

成程《なるほど》、言われてみれば、舌先にしっかり蕪が存在を主張してくるではないか……。

おりきは改まったように、幾千代に感服《かんぷく》の目を向けた。

「さすがは幾千代さん！　巳之吉が聞けば悦ぶことでしょう」

「なに、感じたままを言ったまでさ……。じゃ、お代わりを貰《もら》おうかね」

幾千代が茶椀を突き出す。

そうして、粗方《あらかた》、土鍋の中が空《から》になったところで、達吉が膳を手に立ち上がった。

「じゃ、あっしはお先に……」

「ああ、ご苦労さん」

おりきは手早く膳や土鍋を片づけると、食後の焙じ茶を淹れ、幾千代に微笑《ほほえ》みかけた。

「腹中満々《ふくちゅうまんまん》になりましたわね」

「ああ、少し帯を弛めたいほどだよ。ふふっ、妙なもんだね……。夜食を食べるまでは幾富士を手放して二百落としたような気分に苛まれていたというのに、お腹が一杯になった途端、死んだ子の歳を数えたって仕方がない、前を向いて生きるんだって気持になっちまうんだもんね。あちしって、なんて後生楽《ごしょうらく》なんだろう……」

「あら、それでよいのですよ。くしくししていても、美味しいものを頂けば、どこかしら勇気が湧《わ》いてくる……。わたくしね、それが食べ物商売の醍醐味《だいごみ》だと思っていますの。お客さまの満足なさった顔を見ると、こちらまでが活力を貰えたような気がして、さあ、明日からもまた励《はげ》まなきゃって気持になります。幾千代さん、心寂《うらざみ》しいときには、いつでもお越し下さいませ。前にも言ったと思いますが、わたくしはいつもここにいますので……。さっ、お茶をどうぞ！」

「ああ、おかたじけ！」

　幾千代が焙じ茶を口に運ぶ。

が、おりきに目を据えると、ふっと目許《めもと》を弛めた。

「姫《ひめ》がさァ、幾富士がいなくなったことが解るんだろうね。あちしが家に戻ると堪らないように擦《す》り寄ってきてさ……。おまえはどこにも行くんじゃないよとばかりに脚に擦り擦りするのさ。それに、あちしが出掛けようとすると、座布団《ざぶとん》の上で丸くなって眠っていても、ハッと頭を上げて、伸び上がるようにして瞠めるんだよ。それで、大丈夫だよ、おまえを置いてどこにも行きやしない、ちゃんと戻って来るから安心しなって言ってやると、やっと元の姿勢に戻り、眠っちまうんだけどね……。猫だって、今までいた者がいなくなると心細げにするんだもの、あたしが三百落としたような気分になっても仕方がないよね。けど、幾富士を手放したことに後悔はしていないよ。あの娘《こ》が伊織さんの支えになれれば、これほど嬉しいことはないんだからさ！　けど、幾富士は決して無理が出来ない身体だろ？　そのことだけが案じられてね……」

幾千代はそう言うと、肩息を吐いた。

「けれども、そのことは京藤に伝えてあるのでしょう？　腎《じん》の臓《ぞう》の病は完治《かんち》するのが難《むずか》しく、現在《いま》は息災《そくさい》そうに見えても、いつまた再発するやもしれないので、決して無理は出来ないのだと……。食餌療法《しょくじりょうほう》のこともあるしさ。京藤の旦那もちゃんとそれを解ってくれ、幾富士の食事には気をつけると約束してくれてね。けど、そうは言ってもさァ……」

「幾千代さん！　人の疝気《せんき》を頭痛に病《や》んでどうするのですか。可愛い子には旅をさせろ。大丈夫！　きっと甘《うま》くやっていかれるでしょうよ」

おりきがそう言うと、やっと幾千代の顔に笑みが戻った。

「そうだよね、ああ、おまえさんに胸の内をさらけ出せてよかったよ。何しろ、一歩表に出れば、鉄火《てつか》で伝法《でんぽう》な幾千代姐さん、いや違ったか、業突《ごうつ》く婆《ばばあ》で通っているあちしだろ？　強がって見せこそすれ、女々《めめ》しい姿は見せられないからさ……。有難うよ！　じゃ、そろそろお暇《いとま》しようかね。あんまし帰りが遅いと、お半《はん》や姫が心配するだろうからさ」

「夜道に気をつけて下さいませ」

「てんごうを！　あちしに手を出そうなんて男がいるもんか。いたら、拝んでやりたいくらいだよ！」

なんという競口《きおいぐち》……。

これで、幾千代姐さん！

おりきはふっと目を細めた。


二日後、中食を済ませ、おりきは大崎村の真田屋の寮へと向かった。

おりきが初めてここに脚を踏み入れたのは、二年半前のこと……。

あのときはこずえはまだ生きていて、真田屋吉右衛門《きちえもん》と内儀のたまきが、病で先の読めない娘のために最後の晴れ舞台をと、こずえが亭主の茶会を催《もよお》したのである。

そのとき、茶懐石《ちゃかいせき》を請け合ったのが巳之吉だった。

その日の正客《しょうきゃく》は、こずえの許婚者《いいなずけ》の沼田屋《ぬまたや》源次郎に、源次郎の双親《ふたおや》源左衛門《げんざえもん》とお諏訪《すわ》、高麗屋九兵衛《きゅうべえ》、こずえの父真田屋吉右衛門、それにおりき……。

こずえの母たまきがその日の半東《はんとう》を務《つと》め、こずえは弱々しげながらも立派に亭主を務めた。

そして、その二廻《ふたまわ》り（二週間）後、こずえと源次郎の祝言が三田《みた》の真田屋本宅で行われたのである。

そのときの祝膳も巳之吉が請け合い、茶会同様に内々での披露宴《ひろうえん》となった。

予定では秋に決まっていた祝言を早めたのも、無理を圧《お》して茶会を開いたのも、こずえが不治《ふち》の病に罹《かか》り、残り少ない生命《いのち》だったからである。

真田屋ではこずえの生命《いのち》が永《なが》くないと知り、源次郎をこずえの婿に取る話はなかったことにしてくれと言ってきた。

が、それを説き伏せたのが源次郎である。

源次郎は巳之吉に祝膳を頼みに来た際、こう言った。

「勿論、真田屋の義父《ちち》には反対されました。一見、生気《せいき》を取り戻したかのように見えても、こずえの病は完治したわけではなく、寧ろ、日増《ひま》しに悪化を辿る一方なのだ、それなのに、婿に来てくれなどと厚かましいことが言えるわけがないと……。けれども、それはあたしを気遣ってのこと……。義父《ちち》の顔を見れば解ります。目の中に入れても痛くないほどに可愛がっていたこずえさんの晴れ姿を見たくないわけがないではありませんか。ですから、現在《いま》だからこそ、こずえさんにはあたしが、あたしにはこずえさんがなくてはならない存在なのだ、何より、二人は求め合っているし、少しでも長く一緒にいたいという気持があれば、医者が見放した病といえども神助《しんじょ》が得《え》られるやもしれない、仮に、快復《かいふく》することなくあたしが寡《やもめ》になることがあっても悔いはない、短くとも、二人が共にいる幸せを味わえるのだから……、とあたしはそう言いました。真田屋の義父《ちち》も義母《はは》も涙を流して悦んでくれましてね」

すると、源次郎の父源左衛門もこう言った。

「莫迦な奴でしょう？　嗤ってやって下さい。ですが、あたしはこんな莫迦な倅《せがれ》を持って果報者《かほうもの》です。こいつには欲などありませんからね。こずえさんに万が一のことがあれば、潔《いさぎよ》く真田屋を去ると言っています。あたしもこいつに暖簾《のれんわ》分けをする準備があります。ですから、こいつは決して真田屋の身代《しんだい》欲しさからではなく、こずえさんを一途《いちず》に護《まも》ろうとしているのです。あたしはその気持に打たれましてね……」

おりきもそんな源次郎の純な気持に打たれた。

七月朔日《ついたち》、二人は祝言を挙げた。

が、それから二月《ふたつき》半後、折しも後《のち》の月（九月十三日）に、こずえは息を引き取ったのである。

翌朝訃報《ふほう》を聞き、おりきと巳之吉は大崎村の寮に駆けつけた。

こずえは白い肌に頬紅《ほおべに》を差し、まるで眠っているかのように安らかな顔をしていた。

「苦しかったであろうに、最期《さいご》まで、辛い、苦しいという言葉をひと言も発しませんでした。それどころか、あたしの手を握り、女房にしてくれて有難う、この二月《ふたつき》半ほど幸せなことはなかった、もう思い残すことはない、有難う、有難う、と何度も言いましてね。最期は、蠟燭《ろうそく》の火が消えるように、ふっと息絶《いきた》えました……」

源次郎はそう言い、堪《こら》えきれずに激しく嗚咽《おえつ》した。

「こずえが不治の病を得て、それももう永くはないと解っていて二人に祝言を挙げさせましたが、果たしてそれでよかったのかと逡巡《しゅんじゅん》していたのは事実です。けれども、こずえは短くとも女房としての幸せを味わえたのです……。やはり、これでよかったのだと、現在《いま》は、源次郎さんに感謝しています」

　こずえの母たまきもそう言った。

「こずえさまは幸せだったのですね。わたくしもこずえさまが幸せに思い死んでいかれたと知り、安堵いたしました。源次郎さま、寂しくなられたでしょうが、こずえさまはあなたさまの心の中にいつまでも生き続けられることでしょうよ。姿は見えずとも、常に、あなたさまの傍にいる……。わたくしも大切な人を何人も失いましたが、そう思っているのですよ」

　おりきが源次郎を励ますように言うと、傍にいた巳之吉がこずえに向かって語りかけた。

「こずえさま、あっしは今日お別れを言いに来ただけでなく、お礼を言いたくて参りやした。こずえさまのお陰で、本格的な茶事《ちゃじ》懐石《かいせき》を作らせていただきやしたし、祝言の祝膳も、本膳《ほんぜん》による婚礼料理を作らせていただき、あっしにとっては板前冥利に尽きるといってもよく、なんと礼を言えばよいのか……。それに、あっしは茶事、婚礼を通して、こずえさまのひたむきさに胸を打たれやした。なんとしてでも、こずえさまと源次郎さまには幸せになってもらいてェと願ってもいやした。本当に、お二人には教えられることばかりで……。有難うごぜえやした」

巳之吉の頬を、大粒の涙が伝った。

おりきはこんな巳之吉を見るのは初めてのことで、巳之吉が二人のことを客としてでなく、人として真摯《しんし》に接していたことを知ったのである。

そのとき、中庭で目にした萩《はぎ》の隧道《ずいどう》……。

萩はこずえの好きな花で、病に冒《おか》される前、萩で隧道を作ってみると言い出したのだという。

だが、やっとこの秋、隧道らしく見えるほど萩が成長したというのに、こずえの生命《いのち》は枯れ尽きてしまったのである。

「今後は、あたしが引き継《つ》ぎます。こずえが丹精《たんせい》を込めて作った萩の隧道ですからね。あたしが必ず護ってみせましょう」

頼もしい源次郎の言葉だった。

こずえが亡くなって、二年と四月《よつき》……。

まさか、次にここを訪れるのが、源次郎の再婚話の席になろうとは……。

そんな想いで大崎村の寮を訪れたのだが、ざっくばらんな茶席ということで、この日は閑古庵《かんこあん》ではなく母屋《おもや》の客間に通された。

「やあ、女将、後の月以来ですかな？　なんと、今日はまた一段と見目良《みめよ》いことで……。旅籠で女将として見るのとは違い、どこかしら艶《あで》やかな……。なあ、真田屋もそう思うだろう？」

高麗屋九兵衛が歯が浮きそうな世辞口《せじぐち》を言い、真田屋吉右衛門に目まじした。

吉右衛門の隣には、源次郎と父親《てておや》の沼田屋源左衛門が……。

当初、源左衛門はこの場に出ないと聞いていたが、源次郎の実家《さと》として、やはり顔を出さないわけにはいかないと判断したのであろう。

「高麗屋、止さないか！　女将が困っておられるではないか」

九兵衛とは口頃から刎頸《ふんけい》の交《まじ》わりをしている源左衛門が、きっと目で制す。

「よいではないか！　あたしは女将のことを褒《ほ》めただけで、おまえさんに詰《なじ》られる覚えはないぞ！」

九兵衛が不服そうに唇をへの字に曲げる。

「沼田屋さん、宜《よろ》しいのですよ。お褒めに与《あずか》り、わたくしも嬉しく思っているのですから……」

真田屋吉右衛門はそんな二人を見て苦笑すると、改まったようにおりきに目を据えた。

「本日はご足労《そくろう》願い、申し訳ありませんでした。昨年の末、正式に三橋屋との縁組が調《ととの》い、この小正月に結納をという運びになりましたので、今日は世話になった皆さま方に家内が是非にも一服《いっぷく》差し上げたいと申しましてな。と言っても、大したことをするわけではありません。そんな理由《わけ》ですので、どうぞお気楽に……」

吉右衛門がポンポンと手を打つ。

襖《ふすま》がするりと開いて、吉右衛門の女房たまきがお端女を引き連れ入って来た。

各々が蝶脚膳《ちょうあしぜん》を手にしていて、膳の上には木地袴腰《きじはかまごし》に入った盛肴《もりざかな》に、椀物、赤飯《せきはん》、香《こう》の物……。

甘味《かんみ》とお薄《うす》だけと思っていたのに、これはもう、立派な点心《てんしん》ではないか……。

たまきがおりきの前に膳を置き、深々と辞儀をする。

「こずえが存命中《ぞんめいちゅう》にはいろいろとお世話になりました。本日はあたくしの手料理ですので大したものはありませんが、小中飯と思っていただければ幸いです」

「まあ、内儀《おかみ》さんがこれを……」

おりきが目を瞠る。

盛肴は鰆幽庵焼《さわらゆうあんやき》、諸子《もろこ》、鱲子、海老《えび》団子《だんご》と胡瓜、鶉団子《うずらだんご》の串刺し、小鉢《こばち》に入った平目薄造り……。

「とても巳之吉さんのようにはいきませんが、お口汚《くちよご》しに……」

「仕出《しだ》しを取ろうと思ったのだが、立場茶屋おりきの女将さんに、とても仕出屋《しだしや》の見てくれだけの料理は出せない、それより、素人《しろうと》のあたしが心を込めて作ったほうが、と家内が言い張りましてな。それに、正式な茶会でもないのに、立場茶屋おりきの板頭の手を煩《わずら》わせるわけにはいかない……。まっ、腹を括《くく》って食べて下さいませ」

吉右衛門が気を兼ねたように言う。

「お心遣《こころづか》い有難うございます。では、遠慮《えんりょ》なく頂きます」

おりきが箸を取る。

椀物の蓋《ふた》を取ると、蛤《はまぐり》の吸物《すいもの》が……。

ひと口含むと、まったりとした得も言われぬ旨味《うまみ》が喉を潤《うるお》わせていった。

「まあ、これは……」

おりきが驚いたようにたまきを見る。

「うん、美味い！　たまきさん、これは絶品《ぜっぴん》だぜ。おまえさんにこんな料理の才《さい》があったとは……」

九兵衛も目をまじくじさせる。

「お恥ずかしい……。盛肴を食べて、ガッカリしないで下さいよ」

たまきが頬に紅葉《もみじ》を散らし、客間を出て行く。

「真田屋、おまえさん、果報者だぜ！　うちの女房なんぞ、味噌汁《みそしる》もまともに作れないのだからよ。何もかもお端女委せで、あいつが厨《くりや》に立つ姿を見たのは所帯を持ったばかりの頃で、それも一月《ひとつき》と続かなかったのだからよ……」

九兵衛が苦虫《にがむし》を噛み潰《つぶ》したような顔をする。

わっと客間に笑いの渦《うず》が湧き起こった。

食事のあとはたまきの点てたお薄が振る舞われ、話題はいつしか源次郎と育世の祝言へと移っていった。

「結納が小正月だとして、祝言の日取りなのだが、桜が咲く頃というだけでは、いかに言っても漠然《ばくぜん》としすぎていないか？」

九兵衛が吉右衛門に目を据える。

「ええ、ですから、それは結納の日に三橋屋を交《まじ》えて話し合い、そのうえで決めようかと……」

吉右衛門が、それでよいな？　と源次郎に目まじする。

源次郎は頷いた。

「それはそうなんだが、こちらの腹だけでも決めておいたらどうだ？　なんと言っても、嫁取りをするのは真田屋なんだからよ。なっ、沼田屋もそう思わないか？」

九兵衛に睨めつけられ、源左衛門が曖昧《あいまい》な笑いを返す。

「源次郎は既に真田屋にやった男。此度、あたしは口を挟むつもりがないのでな……」

「それは解っておる！　解っておるが、おまえが源次郎の親ということに変わりない……。親として、息子を案じるのは当然のことではないか！」

「まあまあ、高麗屋さん……。それで、おまえさんはいつがよいとお言いかな？」

「えっ、あたし？　あたしは……」

九兵衛が挙措《きょそ》を失う。

「ほれ、ごらん！　おまえだってすぐには答えられないだろうが……」

源左衛門が鬼の首でも取ったかのような言い方をする。

「いや、答えられるさ。桜が咲く頃といえば三月半ばだが、切りのよいところで四月朔日はどうだろうか……。と言うのも、こずえさんとの祝言が七月朔日だったからよ。ならば、此度も朔日を選んではどうかと……」

「四月朔日ですか？　ちょいとお待ちを……」

たまきが客間を出て行く。

「だが、こずえさんのときに倣《なら》い朔日にするといっても、それでは真田屋に悪いのじゃないか？　亡くした娘のことを想えば、せめて、朔日だけは避《さ》けたいと思うのが親心……」

源左衛門が横目でちらと吉右衛門を窺う。

「沼田屋さんが気遣ってくれるのは有難いが、あたしは寧ろ嬉しいくらいです。こずえを育世さんに重ね合わせることが出来ますからね……。あたしはね、こずえを忘れることは決して出来ないが、今後は育世さんをこずえと思おうと思っているのですよ。それでなければ、どうしても比較してしまいます。それでは、こずえも可哀相だし、育世さんも可哀相……。ですから、こずえが生まれ変わって育世さんになったのだと思うことにします」

そこに、たまきが暦《こよみ》を手に戻って来た。

「四月朔日は友引《ともびき》ですよ。大安《たいあん》でないのが残念だけど、友引ならよいのではないかしら？」

たまきが、ほら、と吉右衛門に暦を手渡す。

「じゃ、おまえは四月朔日でよいというのだな？」

「ええ。こずえが七月朔日、育世さんが四月朔日。判りやすくてよいではないですか。ねっ、源次郎、おまえもそう思うだろ？」

源次郎が戸惑ったように、目を伏せる。

「じゃ、これで決まった！　こちらの腹は四月朔日ってことで、それで話を進めようではないか」

九兵衛がこれで決まりとばかりに、膝を打つ。

「それで披露宴のことなんだが、源次郎は派手なことは嫌《いや》だと言ったそうだが、派手とはどこまでのことを言うのか？　まさか、何もしないというのじゃあるまいな？　だとすれば、それは駄目だ！　源次郎はこずえさんに気を兼ねて、三三九度《さんさんくど》の盃《さかずき》を交《か》わせば、もうそれでよいと思っているのだろうが、育世には生涯に一度の祝言なのだ……。せめて、花嫁衣装を着せて、内輪だけの祝膳で祝ってやらなきゃ……。三橋屋ではおまえを気遣い、三三九度の盃を交わすだけでよいと言っているようだが、一人娘を嫁がせる親の身にもなってみな？　それほど哀《かな》しいことはないのだからよ。あたしは育世の伯父《おじ》として言わせてもらうが、せめて、こずえさんと祝言を挙げたときくらいのことはしてやってほしいのだ」

九兵衛が改まったように威儀《いぎ》を正し、深々と頭を下げる。

「源次郎、高麗屋が言うとおりだ。おまえの気持も解らなくもないが、育世さんは生《なま》身《み》の女ごなのだからよ。花嫁衣装を纏《まと》って祝膳を囲み、皆から祝福されて嫁ぎたいと思うだろう……。いや、そりゃ、育世さんはおまえにそんなことをしなくてよいと言ったかもしれない。だが、果たして、それは本心だろうか……。あたしには育世さんが無理をしているとしか思えないのだがね」

源左衛門が諄々《じゅんじゅん》と源次郎を諭《さと》す。

「源次郎、あたしは真田屋の当主だ。おまえの義父《ちち》として言わせてもらおう。祝言は四月朔日、こずえのときと同じように、三田の本宅にて、立場茶屋おりきの板頭に祝膳を仕度してもらうことにするからな。いいな？　解ったな？」

吉右衛門が四の五の言わせないぞとばかりに、凜《りん》とした口調《くちよう》で言う。

「あたしもそれに同意ですよ。そんな理由《わけ》ですので、女将さん、ひとつ宜しくお頼み申します」

たまきがおりきに辞儀をする。

「畏《かしこ》まりました。実は、板頭もその気でおりましてね。是非、此度も仕度させてほしい、とそう申していましたのよ」

「やれ、これでひと安心だ！　女将、此度も祝言には参列してくれるのだろうね？」

吉右衛門がおりきの目を瞠める。

「ええ、悦んで……」

そうして、四半刻《しはんとき》（三十分）ほど他愛《たあい》のない世間話をして、おりきは暇を告げた。

「四ツ手（駕籠）はどうなさいます？」

たまきが訊ねる。

「いつも頼む六尺《ろくしゃく》（駕籠舁《か》き）がそろそろ迎えに来る頃かと思いますので……」

「では、源次郎、表まで出て女将さんをお見送りして下さいな」

「解りました」

源次郎が立ち上がる。

「では、皆さま、これにて失礼いたします。祝膳の件は板頭にお委せいただけるとのことですので、列席者の頭数が判りましたならば、お知らせ下さいませ。本日は思いがけず馳走に与り、恐縮しています。有難うございました」

おりきは改まったように挨拶《あいさつ》すると、客間を辞した。

母屋から表門へと歩いて行きながら、源次郎が困惑の色も露《あら》わに問いかけてくる。

「本当に、これでよかったのでしょうか」

「こずえさんに済まないとお思いなのですね？　源次郎さん、わたくし、以前にも申しましたわよね？　初めて育世さんにお目にかかったとき、懐《なつ》かしさのようなものを覚えたと……。わたくしには、こずえさんが源次郎さんを育世さんに引き合わせたように思えてなりませんでしたの。それほど、あの方にはこずえさんを彷彿《ほうふつ》させるところがおありになりました。いえ、姿形《すがたかたち》が似ているというのではなく、全体から醸《かも》し出される雰囲気や声……。弱々しいながらも凛とした声で、どこかしら芯《しん》の強さを垣間《かいま》見たようで、そのとき、わたくしは思いましたのよ。ああ、こずえさんは、育世さんになら源次郎さんを託しても構わない、とそう思っていらっしゃるのだと……。こずえさんはね、病の身で、もうそんなに永くは生きられないと解っていて、それでも尚《なお》、夫婦《めおと》としての幸せを与えて下さったことに感謝なさっているのですよ。こずえさんの願いは、ただ一つ……。源次郎さんに幸せになってほしいとの想いだけなのですよ。そんなときに育世さんに巡り逢えたのも、ただの偶然には思えません。高麗屋さんもおっしゃっていたではありませんか……。こずえさんのことをお聞きになった育世さんが、仮に源次郎さんの後添《のちぞ》いに入ったとして、決してこずえさんの御霊を疎《おろそ》かにするようなことはしない、それが愛しいこずえさんを失い、哀しみの淵《ふち》にいる源次郎さんをお救いすることになるのだから、と言われたと……。育世さんは三橋屋さんのお嬢さまです。他にも良縁は数多《あまた》とあったでしょうに、それには目もくれず、源次郎さんとの縁談に心が傾《かたむ》いたというのですもの、やはり、目に見えぬ何かに動かされているとしか思えなくて……」

「目に見えぬ何か……。それが、こずえだと？　ああ、そうなのかもしれない……。育世さんと一緒にいると、ふっと、こずえが傍にいるような錯覚《さっかく》に陥《おちい》ることが屡々《しばしば》ありましたし、逢う度《たび》に、ますます育世さんに惹《ひ》かれていくのを感じ、狼狽《うろた》えてしまいました。それでいつも、胸の内でこずえに済まないと手を合わせていたのです。ですが、女将さんが言われるように、こずえがそうさせているのだとすれば……」

源次郎が脚を止め、おりきを瞠める。

おりきは頷いた。

「ねっ、こずえさんを悦ばせる意味でも、育世さんを幸せにしてあげて下さいませ」

「女将さんと話せて良かった！　何故かしら、胸の支《つか》えが下りたような気がします」

源次郎の顔から翳りが消えていた。

表門の陰から、六尺の八造《はちぞう》がひょいと顔を覗かせた。

「ああ、迎えが来たようですわ」

「では、祝膳の頭数が決まりましたならばお知らせしますので。板頭に宜しく伝えて下さいませ」

「畏まりました。では、失礼いたします」

おりきが頭を下げ、くるりと背を返す。

おりきはひと山越えられたような想いに、ほっと胸を撫《な》で下ろした。


「おっ、この匂《にお》いは小豆粥《あずきがゆ》！　今時分ここを覗けば小豆粥にありつけると睨んだが、やっぱ、俺の勘が当たったたな」

亀蔵が帳場の障子を開けると、小鼻をひくひくと顫わせる。

達吉がぷっと噴《ふ》き出す。

「ねっ、女将さん、言ったとおりでやしょ？　親分の犬並《いぬなみ》の嗅覚《きゆうかく》が小豆粥を見逃《みのが》すはずがねえと……」

「本当ですこと！　大番頭さんの勘が当たりましたわね」

おりきは可笑《おか》しさを噛み殺し、さっ、どうぞ、と長火鉢の傍に坐れと亀蔵を促した。

「なんでェ、二人して……。俺をちょうらかすのがそんなに面白《おもしれ》ェかよ！」

「そんなつもりはありませんけど、きっと、もうすぐ親分がお見えになるのではと……」

「あっしがそう言った端《はし》から親分が顔を出しなすったもんだから、それで、つい可笑しくなりやしてね」

達吉がへへっと肩を竦める。

「顔を出したって、そりゃそうだろうが……。八ツ（午後二時）と言ャ、小中飯だ。しかも、今日が小正月とあれば、小中飯に小豆粥を食べるだろうってことくれェ誰だって判ってることで、俺が相伴に与ろうとやって来たところで、一向《いっこう》に不思議はねえ！」

亀蔵が憮然《ぶぜん》としたように言う。

確かに、亀蔵が今日の小中飯を小豆粥と思って顔を出したところでおかしくはないが、それが当然のような顔をしているところが、いかにも亀蔵らしくておかしいのである。

亀蔵の自宅は高輪車町《たかなわくるまちょう》の八文屋《はちもんや》……。

それなのに、御用《ごよう》の筋で表を駆け廻っているとき以外は、何かと言えばここに入り浸っているのであるから……。

「さあ、どうぞ召し上がれ」

おりきが亀蔵の茶椀に小豆粥を装《よそ》ってやる。

おりきにしてみても、いつ亀蔵が顔を出してもよいようにと、こうして茶椀や箸を常に用意しているのだから、どっちもどっち……。

「おう、美味《うめ》ェ！　ここんちの小豆粥はひと味違うから堪んねえよ」

亀蔵がふうふう息を吹きかけながら、小豆粥を啜る。

「おっ、そう言ゃ、今日は真田屋と三橋屋の結納じゃなかったかな？」

亀蔵が思い出したように箸を止め、おりきを見る。

「ええ。よいお日和《ひより》でようございましたわ」

「仲人《なこうど》は誰でェ」

「此度も高麗屋ご夫妻ですのよ。高麗屋さんは此度は姪《めい》の婚礼とあって辞退されたそうですが、真田屋さんが是非にと言われましてね。恐らく、何もかもこずえさんのときと同じにしたかったのでしょうよ」

「こずえのときと同じたァ、そりゃどういうことでェ……」

亀蔵がとほんとする。

「ええ、ですから、育世さんを嫁としてではなく、実の娘と思おうとなさっているのですよ。つまり、育世さんをこずえさんだと……」

「育世をこずえだと？　ますます解らなくなっちまったぜ……。おっ、待てよ！　てこたァ、本来ならば源次郎が嫁を取るのだが、そうではなく、育世を娘とみなし、源次郎が婿に入《へえ》るってことか？」

亀蔵が目をまじくじさせる。

おりきは慌てた。

「いえ、そうではないのですよ。気持のうえでは育世さんを娘のように思うということで、真田屋さんにとっては源次郎さんは今や息子……。ですから、息子が嫁を取るということに違いないのですよ」

「なんでェ、ややこしい！　まっ、俺にゃ関わりのねえことだ。嫁だろうが婿だろうが、好きに取ってくんな！」

亀蔵が気を苛ったように言うと、そこに、障子の外から声がかかった。

「邪魔するよ！」

幾千代の声である。

おりきと達吉が顔を見合わせ、くすりと肩を揺らす。

「どうぞ、お入り下さいな」

幾千代はお座敷姿のまま、帳場に入って来た。

「ほら、いた！」

幾千代が亀蔵の顔を見て、皮肉めいた笑みを浮かべる。

「いたとはなんでェ、いたとはよ！」

「だってそうじゃないか！　大方《おおかた》、今頃は親分が立場茶屋おりきで油を売ってるに違いないと思ってたんだが、案の定……。しかも、想像したとおり小豆粥を食べてるんだもの、あんまし図星《ずぼし》ときて、はン、嗤っちまうよ」

「おめえだって、他人《ひと》のこたァ言えねえぜ！　此《こ》の中《じゅう》、ひっきりなしにここを訪ねて来てるじゃねえか」

「おかっしゃい、いい！　あちしは用があるから来てるんだよ。だれかさんと一緒にしてもらいたくないね」

「おっ、するてェと、おめえは俺が用もねえのに顔を出してると言うのかよ！」

「ああ、そうさ」

「黙って喋《しゃべ》れっつゥのよ！」

おりきは慌てて割って入った。

「お二人とも、もうお止しなさい！　さっ、幾千代さんも小豆粥をどうぞ」

途端に、幾千代が目許を弛める。

「そう、これこれ！　やっぱ、縁起《えんぎ》ものを食べなきゃね……」

「これだよ！　幾千代だって小豆粥を目当てに来たくせしてよ」

が、幾千代は意に介さずとばかりに粥を食べ続けた。

亀蔵にいたっては、今や、三杯目……。

おりきはそんな二人に目を細めた。

他人《ひと》が美味《おい》しそうに食べる姿を見ることほど心地《ここち》よいものはない。

ましてや、気持の通《かよ》った者同士となれば、尚更《なおさら》である。

幾千代は人心地《ひとごこち》ついたのか、茶椀を猫板《ねこいた》に戻すと、思い出したように満面《まんめん》に笑みを浮かべた。

「ちょいと、おりきさん、何があったと思うかえ？」

幾千代が持たせぶりに言う。

「えっ……」

「それがさァ、ほら、見ておくれ！」

幾千代はそう言うと、帯に挟んだ扇を取り出し、開いてみせた。

金地《きんじ》に松と富士、鶴の描かれた絵柄《えがら》である。

「これをさァ、幾富士が猟師町の仕舞た屋を出るときに、あとでおかあさんに渡しておくれ、とお半に託《ことづ》けていったというのさ。それをお半がすっかり失念してしまい、今朝《おく》になって、そう言えば……、と渡してくれたのさ。幾富士ったら、あちしに初扇を贈ってくれたんだよ。あの娘《こ》とかれこれ八年一緒に暮らしてきたが、今まで初扇をくれたことなんてなかったのに、それが、あちしの傍を離れていくときになって……。しかも、見てごらんよ！　金地に松と富士に鶴……。あの娘《こ》がわざわざ扇師《おうぎし》にこの絵柄を注文したのだと思うとさ……」

幾千代の声が涙声となる。

「まあ、なんて美しい扇なのでしょう」

おりきも扇を手に、惚《ほ》れ惚《ぼ》れと絵柄に見入る。

扇の左下に松、そして右上に富士が……。

しかも、まるで鶴が松の根元から富士に向けて羽ばたいているようではないか……。

恐らく、松は千代の松、つまり幾千代であり、富士が幾富士……。

いや、もしかすると、鶴が幾富士なのかもしれない。

一旦飛び立っていっても、必ず、また舞い戻ってくるという意味だとすれば……。

「幾富士さんの想いがよく表れていますこと……」

おりきがそう言うと、幾千代が目を輝かせる。

「おりきさんもそう思うだろ？」

「ええ、思いますことよ」

おりきと幾千代の視線が絡まった。

「こいつら、一体何《いってえ》を言ってるんだ？」

「さあ……」

亀蔵と達吉が首を傾げる。

「いいんだよ、おまえたちには解らなくて……」

幾千代は衝《つ》き上げる涙を払うようにして、

「あの娘《こ》、小豆粥を食べただろうか……」

と呟いた。

はかな雪

二月の初午《はつうま》は稲荷《いなり》の祭で、ここ三田八幡宮《みたはちまんぐう》でも早朝から参詣《さんけい》する者が引きも切らず、社内や参詣路には屋台店が棹《さお》になって並び、絵馬《えま》売りや太鼓《たいこ》売り、狐《きつね》のお面《めん》売りの周囲《まわり》には人立《ひとだち》が出来ていた。

「これだけの人出《ひとで》だ。いつ巾着切《きんちゃくき》りが出ても不思議はねえ……。おっ、金《きん》、利助《りすけ》、気を抜くんじゃねえぜ!」

亀蔵《かめぞう》親分が下っ引きの金太《きんた》と利助を鳴り立てる。

すると、そこに人溜《ひとだまり》を掻《か》き分けるようにして、三十路《みそじ》過ぎの女《おな》ごが血相《けっそう》を変えて駆けて来た。

「親分、岡っ引きの親分ですよね?」

「ああ、そうだがよ。おっ、おめえ、何か盗《と》られたのか!」

亀蔵が訊《たず》ねると、女ごは首を振った。

じれった結びにした髪《まげ》から垂《た》れた、ほつれ毛が大きく揺《ゆ》れる。

「圭坊《けいぼう》が、圭坊がいなくなっちまったんですよ。狐のお面を買ってやり、あたしが絵馬を選んでいる最中にいなくなっちまって……。ああ、どうしよう！　お願いします。捜《さが》して下さい。あの子、五歳なんです。橙色《だいだいいろ》と黒の弁慶格子《べんけいこうし》の着物に抹茶色《まっちゃいろ》の扱き帯《しご》を締《し》め、紺色《こんいろ》の鼻緒《はなお》の下駄《げた》を履《は》いています。ああ、それから狐のお面を被《かぶ》っているかも……」

女ごが早口に捲《まく》し立てる。

「狐のお面だって……」

金太が途方《とほう》に暮れたように、境内《けいだい》で輪になって狐踊《きつねおど》りに興《きょう》じる子供たちに視線を彷徨《さまよ》わせる。

なんと、境内のそこかしこに狐踊りの輪が出来、子供たちが太鼓を叩《たた》きながら、踊りともつかない奇妙な仕種《しぐさ》で燥《はしゃ》ぎ合っているではないか……。

実際に跳《は》ね回っている子もいれば、その輪を取り囲《かこ》んで眺《なが》めている子もいて、しかも、その子供たちの殆《ほとん》どが狐のお面を被っているのである。

これでは、顔で見分けろといっても無理な話で、身に着けているもので判断する以外にないだろう。

「あの中にいねえのか？」

亀蔵が顎《あご》をしゃくる。

女ごは泣き出しそうな顔をして、首を振った。

確かに、橙色と黒の弁慶格子を着た子はいないようである。

「てこたァ、鳥居《とりい》のほうに引き返《けえ》したのかもしれねえな。おっ、おめえ、社務所《しゃむしょ》の脇に迷子《まいご》預かりがあるのを知らねえか？　案外《あんげえ》、誰かが坊を迷子だと思い、そこに届け出ているかもしれねえぜ」

亀蔵がそう言うと、女ごは目をまじくじさせた。

「迷子預かり……。いえ、知りませんでした」

「だったら、そこをまず覗《のぞ》いてみるこった……。まっ、俺たちもそれらしき子がいねえかどうか気をつけておくからよ」

「社務所に行って、圭坊がいなかったらどうしたらいいのでしょう」

「そのときはだな、自身番に届け出て、石の道標《みちしるべ》に子供の名前《なめえ》や特徴、おめえの住いなどを詳細《しょうさい》に記《しる》して貼《は》り出すんだ」

「石の道標……」

「ああ、鳥居を出たところにあるからよ。いいか、勿論《もちろん》、俺たちも坊主を……。おっ、坊主の名はなんという？」

「圭吉《けいきち》です」

「圭吉か……。その圭吉をだな、極力《きよくりよく》、俺たちも捜すつもりではいる。だが、見なよ、この人出だ。いつ何が起きるか判《わか》らねえとあって、迷子捜しにかかりっきりになるわけにはいかねえからよ……。まっ、判ったら、すぐに知らせるがよ。で、おめえ、どこに住んでいる？」

「通新町《とおりしんまち》の政五郎店《せいごろうだな》です。亭主は居職《いしよく》で曲物師《まげものし》をやっていて、ええ、曲物師の野平《のへい》といえば判りますんで……。あっ、あたしはお比呂《ひろ》。圭吉は所帯を持って八年目にやっと授《さず》かった一人息子なんです！　見つけて下さい、お願いします」

お比呂という女ごが手を合わせる。

「ああ、解《わか》ったからよ。さっ、早《はえ》ェとこ、迷子預かりを覗いてきな！」

亀蔵がそう言うと、お比呂は尻に帆《ほ》をかけたようにして、足早に社務所のほうに去って行った。

「今日は、これで迷子が二件目か……」

利助が蕗味噌《ふきみそ》を嘗《な》めたような顔をする。

「まだ四ツ（午前十時）を廻《まわ》ったばかりというのに、これだからよ……。八幡宮だけでこうなんだから、俺たちの縄張《なわば》りすべての神社となったら、一体《いってえ》どのくれェの数になることやら……」

亀蔵も苦々《にがにが》しそうな顔をする。

芝《しば》、高輪《たかなわ》、三田、二本榎《にほんえのき》、歩行新宿《かちしんしゆく》、南北両本宿《なんぼくりようほんしゆく》、門前町《もんぜんちよう》には、三田八幡宮や品川《しながわ》稲荷《いなり》、貴布禰《きふね》社《しや》といった大きな神社の他に各町内に小さな稲荷が数多《あまた》とあり、その数といったら……。

それらのすべてを見廻《みまわ》ることは到底《とうてい》できないが、人出の多い神社ではどうしても迷子が出てしまう。

大概《たいがい》は親がちょいと目を離した隙《すき》に逸《はぐ》れてしまい、迷子預かりで保護されていることのほうが多いが、たまに、子攫《こさら》いに攫われ人買《ひとか》いの手に渡ることがある。

そのため、江戸の各所に石の道標が建《た》っていて、訊ねる側、知らせる側で情報を交換する仕組みになっているのだった。

五月《いつつき》前にも、位牌師《いはいし》春次《はるじ》の後添《のちぞ》いに入ったおまきの義理の息子太助《たすけ》が、兄たちに連れられて焼芋《やきいも》を買いに行き、幸助《こうすけ》や和助《わすけ》が狐の飴《あめ》売りの狐踊りに夢中になっている最中に姿が見えなくなったことがある。

太助が見つかるまで、春次やおまきが生きた空もなかったのは言うまでもない。

亀蔵たちは釈迦力《しやかりき》になってあちこちを駆けずり回ったが、結句、このときも、石の道標が大いにものを言ったのである。

と言うのは、石の道標に記された特徴に似た子を見掛けたが、その家には元々子がいないので、もしかするとお訊ねの子では……、と自身番に届け出があったのである。

太助はいなくなって五日後、おまきたちの許《もと》に戻って来た。

太助を連れ去ったのは、二年前に生まれて間のない男児に死なれた女ごで、太助は女ごに我が子のように可愛《かわい》がられていたのだが、万が一、太助が人買いの手に渡っていたとすれば……。

想像するだに、身の毛が弥立《よだ》つ。

そう思うと、お比呂という女ごが我が子を見失い、恐慌《きょうこう》を来《きた》してしまったのも頷《うなず》ける。

「大丈夫《でえじょうぶ》でしょうかね？」

小柄な金太が伸び上がるようにして、社務所のほうを振り返る。

するとそのとき、鳥居のほうから声がかかった。

「親分、車町《くるまちょう》の親分！」

亀蔵は人垣《ひとがき》を掻き分けるようにして、声のするほうへと歩いて行った。

なんと、芝口《しばぐち》一丁目のもんじ店《だな》の大家彦衛門《ひこえもん》が、息せき切って大股《おおまた》に歩いて来るではないか……。

彦衛門は亀蔵の傍《そば》まで辿《たど》り着くと、腰を折り、はァはァと荒い息を吐《つ》いた。

「どうしてェ、何かあったのか？」

「へえ、それが……。ちょいとお待ちくださいよ。はッはッは……。いえね、八文《はちもん》屋《や》に行きましたら、親分は見廻りに出た後だと言うので、さて、どこを捜したものかと困《こう》じ果てて……。はァはァ……。見廻りといえば神社に違いないとは思ったのですが、そうは言っても、一体どこから捜せばよいのか……。はァはァ……」

「よし、そこまでは解った。前置きはいいから、何があったのか、なんで俺を捜さなきゃならなかったのかを先に言いな！」

亀蔵が彦衛門を睨《ね》めつける。

彦衛門はやっと息が調《ととの》ったのか、腰を起こし亀蔵に目を据《す》えた。

「それが……。帰って来たんですよ、飯盛小平太《いいもりこへいた》が！　いや、帰って来たといってよいのかどうか……。とにかく、ももんじ店の路次口《ろじぐち》に倒れていたんですよ」

「飯盛小平太？　はて……」

亀蔵が首を傾《かし》げる。

「武蔵《たけぞう》の父親《てておや》ですよ！」

「武蔵？　おっ、現在《いま》、あすなろ園で預かっている、あの武蔵か！」

亀蔵が驚いたように小さな目を一杯に見開き、金太と利助はさっと顔を見合わせた。

「武蔵のおとっつァんって、片腕のねえ？　二年半前《めえ》、素金《すがね》（質種《しちぐさ》を取らずに金を貸す）五両を借りて、女房、子を捨てとんずらしたっていう、あの男が戻って来たというのかよ！」

「一昨日《おととい》来ァがれってェのよ！　女房が世を儚《はかな》み娘を道連れに身投げしちまったというのに、どの面《つら》下げておめおめと……」

金太も利助も怒《いか》り心頭《しんとう》に発したようで、顔を真っ赤にしている。

「まあ、待ちな。話は最後まで聞こうじゃねえか……。大家、今、おめえは小平太が倒れていたと言ったが、そりゃどういうことかよ」

「ええ、ですから、野垂《のた》れ死に寸前で……。見る影もないほどに痩《や》せこけて、あれは、長いこと食い物を口にしていなかったのじゃないかと……。あたしもね、その男の片腕がないのに気がついたものだから、それでやっと男が飯盛小平太だと気づいたってわけでしてね」

「で、その男、現在《いま》はどうしているのだ」

「どうもこうもありませんよ。身許《みもと》が判ったからには、裏店《うらだな》としても無下《むげ》には扱えませんからね。と言っても、女房のお敏《とし》と娘のすみれはもうこの世にはいなくて、生きているのは、九歳になったばかりの武蔵ただ一人……。が、まさか、武蔵におとっつァんを引き取れと言うわけにもいきませんからね。それで、取り敢《あ》えず芝口一丁目の自身番に運び込み、医者に診《み》せたのですがね……」

「医者？　素庵《そあん》さまに診せたのか？」

「いえ、とんでもありません。近くの関藤《せきとう》さまですがね。ところが、関藤さまが言われるには、心《しん》の臓《ぞう》ばかりか肝《かん》の臓、胃の腑《ふ》と、内臓の殆どが手のつけられない状態だとか……。何より、ろくにものを食べていなかったのが原因で衰弱が激しく、よく保《も》って一日二日だろうと……。それで、あたしも弱り果ててしまいましてね。一日二日なら、昔の誼《よしみ》で看取《みと》ってやらなくもない……。大した野辺送《のべおく》りはしてやれないまでも、線香のひとつでも手向《たむ》けてやってもよいと思うのですが、さあ、このことを武蔵に伝えるべきかどうか……」

亀蔵も、うむっと腕を組んだ。

飯盛小平太は妻子を残し、おまけに借金まで拵《こしら》えて姿を晦《くら》ましたのであるから、武蔵は捨てられたのも同然……。

とは言え、武蔵にとってはたった一人の父親《てておや》なのである。

その父親《てておや》が生命《いのち》尽き果てようというときに、死に目に逢《あ》わせなくてよいものだろうか……。

が、武蔵にしてみれば、父親《てておや》は既《すで》に死んだのも同然。

何しろ、物心《ものごころ》ついた頃から、片腕がないという理由でぶらのさん（何もしないでゴロゴロする）を決め込む父親《てておや》の姿や、夜の目も寝ずに働いて生活《たつき》を支える母親をいやと言うほど見てきたのである。

武蔵は幼いながらも母親を助けようと、樽《たる》買いや近所の使い走りをして駄賃《だちん》を稼《かせ》いでいたが、あるとき、父親《てておや》が素《す》金を五両借りて姿を晦ましたから堪《たま》らない。

それでも、母のお敏はなんとか金利だけでも返そうと、健気《けなげ》に働いてきたという。

が、女ごの細腕で、二人の子を食べさせ、店賃《たなちん》を払い、月一分の金利を返済するのは並大抵《なみたいてい》のことではない。

日増しに窶《やつ》れていったお敏は、遂《つい》に辛抱《しんぼう》の棒が折れ、二十六夜《にいざよい》の日、娘のすみれを抱《かか》えて月の岬《みさき》から海に飛び込み果ててしまったのである。

そのとき、お敏の片手には武蔵が……。

が、咄嗟《とっさ》に母親が死ぬ気だと察した武蔵は、母の手を振り解《ほど》いて逃げ出したのである。

その後、武蔵は下っ引きの金太に保護され立場《たてば》茶屋《ぢゃや》おりきに連れて来られたが、事情を訊《き》く亀蔵を前にして、母親が二十六夜に連れてってやると言うから行ったが、海を見ていると、このまま海に沈んじまったらどんなに楽になれるだろう、おまえたち、おっかさんと一緒ならどこにでも行くよね？　と母親が妙なことを言い出したので、怖くなって手を振り解いて逃げた、おいら、悪いことをしたんじゃねえよな？　と武蔵は怯《おび》えたような目をして言った。

「ああ、おめえは悪いことをしたんじゃねえ……。悪いことをしたのは、おめえのおっかさんでよ。可哀相《かえいそう》に、妹は道連れにされちまったんだからよ！　親であろうと、子の生命《いのち》を奪《うば》う資格はねえんだ。どんな辛《つれ》ェことがあったのかは知らねえが、歯を食い縛《しば》ってでも生きていかなきゃなんねえのよ。そうけえ、偉《えれ》ェぞ！　よく逃げてきたな……」

亀蔵はそう言ってやったのだが、武蔵は自分だけ逃げたということで、その小さな胸に深い疵《きず》を刻《きざ》み込まれてしまったのである。

同じ頃、親に無理心中《し》を強いられ自分だけ助かったおひろは、死ぬのが怖くて毒の入った大福餅《だいふくもち》を吐き出したことを悔《く》い、貞乃《さだの》の胸に縋《すが》って狡《ずる》をしたのじゃなかろうかと泣き崩《くず》れた。

それを見て、武蔵はぽつりと呟《つぶや》いた。

「おひろちゃん、おいらも死にたくなくて、おっかさんの手を振り解いたんだ……。死ぬのが怖かったのは、おひろちゃんだけじゃねえ！　おいらも怖かったんだ……」

それは、あすなろ園に連れて来られてからも涙ひとつ見せなかった武蔵が、初めて本心を口にした瞬間だった。

「おいらだって泣きてェ……。けど、おいら、涙が出ねえんだ。だって、妹を抱いて海に飛び込んだおっかさんが許せなくてよォ。すみれだって、きっと死にたくなかったんだ！　それを思うと、おいら、悔《くや》しくって……」

そう言った途端《とたん》、涙が出ないと言った武蔵の頰《ほお》を、大粒の涙が伝った。

泣くまいと懸命《けんめい》に堪《こら》えていても、悔しさや哀《かな》しさ、寂《さみ》しさが、涙となって衝《つ》き上げてくる……。

これこそ、八歳の幼気《いたいけ》な子供の本来の姿なのである。

とは言え、武蔵の父親《てておや》に対する想《おも》いは、見事といってよいほど淡々《たんたん》としたものだった。

父親《てておや》は何をしていたのかという亀蔵の問いに、武蔵は何もしていなかったと答え、理由は片腕がないからだと言った。

「誰かに斬《き》られたんだって……」

「誰に斬られたって？　なんで斬られたのかよ！」

「おいら、知らねえもん……。訊いたって、何も教えちゃくれねえ。おっかさんもおとっつァんの腕のことには触《ふ》れちゃなんねえって……。おとっつァんの機嫌《きげん》が悪くなるんだよ。それで、いつもおとっつァんの顔色を窺《うかが》っては、皆、ぴりぴりしてたんだ……。だから、おいら、おとっつァんが戻って来なくなって、本当は嬉《うれ》しかったんだ！　おっかさんの前ではそんなことは言わなかったけど、きっと、すみれだってそう思ってたんだよ！」

そして、父親《ておや》の名を飯盛小平太、母親がお敏と告げた武蔵に、金太が、へえェ、おめえのおとっつァんはお武家かよ！　それにしちゃ、おめえはちっともお武家の子にゃ見えねえが、どうしてェ、ちゃんと躾《しつけ》してもらっていねえのかよ！　とちょっくら返すと、武蔵はムキになって言い返した。

「違わァ！　おとっつァんはお武家なんかじゃねえ」

「何言ってやがる！　現在《いま》は浪々の身かもしれねえが、そうしてちゃんと苗字《みょうじ》を持ってるんだから、元はお侍《さむれえ》だったってことでよ。てこたァ、おめえもただの武蔵じゃなくて、飯盛武蔵……。恐らく、宮本武蔵《みやもとむさし》に因《ちな》んで武蔵とつけたんだろうが、飯盛武蔵じゃあんましお粗末《そまつ》すぎて、へっ、ちゃんちゃら可笑《おか》しくって臍《へそ》が茶を沸《わ》かすぜ！」

「違う、違うってば！　おいらは飯盛武蔵じゃねえ……。ただの武蔵だし、おっかさんはお敏、妹はすみれだからよ！」

武蔵はそう言い、怒りに目をぎらぎらと光らせたのだった。

父親《てておや》の名が飯盛小平太で、母親や子供たちに苗字がないとは……。

その疑問は、武蔵たちが住んでいた芝口一丁目のもんじ店の大家彦衛門の口から解明された。

「お武家といっても、三一侍《さんぴんざむらい》で……。元は旗本飯盛某《なにがし》かの草履《ぞうり》取りをしていたそうで……。お敏はその屋敷の婢《はしため》だったが、あろうことか、二人が理《わり》ない仲となっちまったもんだから、主人《あるじ》の逆鱗《げきりん》に触れ、小平太は一太刀《ひとたち》の下《もと》に片腕を斬られ、お敏ともども屋敷を追い出された……。そのとき既にお敏のお腹《なか》には武蔵がいたそうで、お敏にしてみれば、小平太は自分のせいで片腕を失ったようなもの……。今後は自分が小平太やお腹の子を護《まも》らなければと思ったのでしょうな。それで、二人して質朴《しっぼく》とした暮らしながらも幸せな家庭をと思ったのでしょうが、ところがどっこい、小平太という男は片腕を失った我が身の不憫《ふびん》さを言い募《つの》るばかりで働こうとしない……。片腕だけでも出来る仕事は山とあります。実は、あたしも二、三度世話をしようとしたことがありましてね。利《き》き腕の右手が使えるのだから、筆耕《ひっこう》はどうかと思いましてね。ところが、あの男、左手の支えがあってこそ右手で上手《うま》く字が書けるのだ、と歯牙《しが》にもかけないではありませんか……。それで、傘張《かさは》りなら要領さえ覚えれば片腕で出来るのではないかと言いますと、そんな辛気臭《しんきくさ》いことは性《しょう》に合わないと断りましてね。こうなると、あたしも金輪際《こんりんざい》世話をしてやるものかと尻《けつ》を捲《まく》りたくもなってしまいましてね。以来、一切《いっさい》あの男の世話から手を引いたってわけで……。とどのつまり、お敏さんだけに貧乏くじを引かせることになりましてね。気の毒なことをしてしまいました……」

彦衛門はそう言い、人別帳《にんべつちょう》には小平太だけに飯盛という苗字が記載《きさい》されていたが、お敏や二人の子には苗字はなかったと明らかにした。

つまり、小平太は奉公先のお旗本の名を拝借《はいしゃく》しただけのこと……。

武家奉公をしたことで、己《おのれ》までが侍になった気でいたのである。

武蔵は子供心にも、そこまでして苗字にしがみつこうとする父親《てておや》に、蔑視《べっし》の目を向けていたのかもしれない。

だから、自分はただの武蔵だ、と頑《かたく》なに言い張ったのであろう。

武蔵の小平太への想いは、憎《にく》しみ以外の何ものでもない。

妹を抱いて海に飛び込んだおっかさんが許せない、泣きたくても涙が出ない、といいながらも大粒の涙を流した武蔵……。

父親《てておや》のことを言うときの面差《おもざ》しには、憎しみこそあれ恋しさなど微塵芥子《みじんけし》ほどもなかったが、母親への気遣《きづか》いは、言葉の端々《はしばし》に表れていた。

お敏が二人の子を道連れに死のうとしたことが許せないと言いながらも、おっかさんね、もう疲れたって言ってた……、何もかもが嫌《いや》になったって……、とお敏の気持を解ろうと努《つと》めていたのである。

そこまで母の気持を理解した武蔵が、それでも手を振り解いて逃げたのであるから、傍《はた》の者には、武蔵の心の疵を計《はか》ろうにも計りきれない。

おひろのように塞《ふさ》ぎ込むこともしなければ、敢えて、平然と振る舞おうとする武蔵……。

寧《むし》ろそれだけに、疵は深いとも考えられるのである。

あれから七月《ななつき》……。

やっと此《こ》の中《じゅう》、心《しん》から嬉しそうに笑う顔が見られるようになったというのに、現在《いま》、小平太のことを武蔵に知らせてよいものかどうか……。

「ねっ、親分、どう思われますか？　昨夜はひと晩中、あたしもどうしたものかと逡巡《しゅん》巡《じゅん》しましてね。が、何はともあれ、親分に相談するのが先決だと思い、今朝からずっと親分の行方《ゆくえ》を捜していたってわけでして……」

彦衛門が困じ果てた顔をして、亀蔵を窺う。

「そうさなあ……。俺にもどうするべきか即答は出来ねえ……。が、現在《いま》、武蔵を預かっているのは立場茶屋おりきの女将《おかみ》であり、あすなろ園を束《たば》ねる貞乃さまだ。とにかく、この二人にどうしたものか相談してみることにして、まずは小平太に逢うのが先だ……。で、現在《いま》、小平太は芝口一丁目の自身番に？」

亀蔵がそう言うと、彦衛門は慌てて首を振った。

「いいえ、病人をいつまでも自身番に置いておくわけにはいきません。それで関藤さまに頼み込んで、診療所で預かってもらっていますが……」

「あい解った！　じゃ、小平太の様子を見に行くとしよう。おっ、金、おめえはここに残ってな。さっきの女ごが迷子になった子を見つけられたかどうか確かめ、もしまだのようだったら手を貸してやんな！　利助、おめえは俺について来るんだ」

亀蔵はそう言うと、大股に鳥居のほうへと歩いて行った。

飯盛小平太は枯れ木のようになって横たわっていた。頬《こ》が瘦け、頬骨《ほおぼね》の飛び出た土色の肌は、まるで烏天狗《からすてんぐ》の即身仏《そくしんぶつ》を見ているようで、とても息をしているとは思えなかった。

亀蔵は怖々《こわごわ》と関藤一斎《いっさい》を窺った。

関藤は辛《つら》そうに頷いた。

「まだ息はある。だが、さて、いつまで保つやら……」

「話せやすか？」

「いや、もう話すことは出来ないだろう。が、聞こえてはいるはずだ」

「てこたァ、こっちが話すことは伝わるってことで？」

「さあ、どこまで理解できているかは定かでないが、話したいことがあれば話されるとよい」

亀蔵は戸惑《とまど》った。

話したいことと言われても、一体何を話せばよいのか……。

亀蔵は隣に坐《すわ》った彦衛門に囁《ささや》いた。

「昨日、おめえさんの口から女房と娘が身投げしたことは伝えたんだよな？」

「ええ、伝えました。だが、果たして解ったかどうか……。何しろ、目も開けなきゃ口も利かないのですからね。だが、店番《たなばん》が言うには、気のせいか、目尻で涙が光ったように見えたとか……。それで、自分のせいで女房、子を死なせてしまったことを悔いたのではなかろうかと、まっ、そんなふうによいほうに解釈することにしましてね。が、実際のところは判りません」

「それで、武蔵のことは？」

「ええ、それも伝えました。お敏さんは武蔵も道連れにするつもりでいたようだが、すんでのところで、武蔵が母親の手を振り解いて逃げたので、現在《いま》、武蔵は門前町のあすなろ園という養護施設に引き取られていると……。ですが、それも解ったかどうか……」

「だが、こんな身体《からだ》で、よくももんじ店まで辿り着けたものよのっ」

亀蔵が訝《いぶか》しそうな顔をする。

「それなんですよ。自力で立ち上がれないほど弱っていて、よく裏店まで戻って来られたと、自身番の皆も首を傾《かし》げていましてね。そしたら、店番の一人が言うんですよ。それが、動物で言う帰巣本能《きそうほんのう》というものではなかろうかと……。蜜蜂《みつばち》、伝書鳩《でんしょばと》、燕《つばめ》などがそうですからね。人もそうだとは言い切れませんが、その男が言うには、前後を失うほど棒鱈《ぼうだら》（泥酔）となっていても、気づくと、不思議に我が家まで辿り着いているので、そうしてみると、人にもそれが当て嵌《は》まるのじゃなかろうかと……。そう言われてみれば、成程《なるほど》……、と領けないこともない。小平太の場合は、これまで気随《きずい》に生きてきたが、てめえの生命《いのち》がもう永《なが》くないと悟《さと》り、何がなんでも、ひと目、女房、子に逢いたくなったのではなかろうかと……。それで、這《は》うようにして戻って来たところ、路次口まで辿り着き遂に力尽きた……」

彦衛門が仕こなし顔に言う。

成程、そう考えられなくもない。

だが、動物にはもう一つ本能があり、群《むれ》で行動する動物は、死を悟るとそっと群から外《はず》れ、身を隠すようにして果てていくとか……。

小平太が前者のほうだとすれば、これほど随八百《ずいはつぴやく》（勝手気儘《かってきまま》）もないだろう。

片腕を失っても生きていく術《すべ》はいくらでもあるというのに、費《つい》えの工面《くめん》や子供の世話と、何もかもを女房一人に背負《せお》わせ、挙句《あげく》、高利の金を借りて姿を晦ませたばかりか、いよいよ食い詰め死ぬ間際《まぎわ》になって舞い戻って来たのであるから、帰巣本能が聞いて呆《あき》れるというもの……。

が、そうは虎《とら》の皮……。

天はもうこれ以上の苦労をさせまいと、お敏に安住《あんじゅう》の地を与えたのである。

が、待てよ。

店番が見たというのが、小平太の悔恨《かいこん》の涙だとしたら……。

仮にそうだとすれば、せめて、それが死んだお敏やすみれ、心に深い疵を負《お》った武蔵への贖罪《しょくざい》となりはすまいか。

だが、それがどうだというのだ！

お敏やすみれは二度とこの世に戻って来ないし、武蔵はたった一人取り残されてしまったのであるから……。

亀蔵は一瞬情に絆《ほだ》されそうになったが、慌ててその想いを振り払った。

「じゃ、結句、これまで小平太がどこで何をしていたのか解らず終《じめ》ェってことかよ」

亀蔵が忌々《いまいま》しそうに呟く。

「ええ、何ひとつ……」

「だがよ、こんな状態で、武蔵に逢わせたところでよ」

「やはり、親分もそう思われますか？　実は、自身番でも二つに意見が分かれていましてね。どんな状況であれ、親の死に目に逢わせない法はないという者と、逢わせても小平太には何も解らないし、武蔵には忌《い》まわしき思い出を残してしまう、武蔵の中では疾《と》うの昔に父親《てておや》は死んでいるのだから、そっとしておくに越《こ》したことはないという者とにね……。それで、あたしも思案投《しあんな》げ首考えた末、親分に下駄を預けることにしたのですがね。ねっ、親分、どうしたものでしょうかね？」

彦衛門が亀蔵を瞠《みつ》める。

「……」

亀蔵には答えられなかった。

我が心に素直になれば、小平太のこんな姿はとても武蔵に見せられない。

だが、行方知れずというのであればいざ知らず、こうして死に目にひと目逢いたいと這うようにして戻って来た、小平太の想いを武蔵に伝えないことが人として許されるだろうか……。

「どうしました？　あたしたちには答えが出ないので、親分にどうすればよいのか決めてもらいたいのですよ」

「解った……。さっきも言ったように、現在《いま》、武蔵の面倒を見ているのはあすなろ園だ……。それで、この脚《あし》で立場茶屋おりきまで行って来ることにするんで、どうするかはそれからのことにしてくんな。関藤さまよ、小平太の奴、まだ一日くれェは保つんだろ？」

関藤は苦《にが》りきった顔をした。

保つとも保たないとも、答えられないのであろう。

「神のみぞ知るってことか……。ああ、よいてや！　とにかく、行って来るからよ。おっ、利助、おめえはここに残ってな。何かあれば、すぐに知らせに走るんだ。いいな、解ったな！」

「へい」

そうして、亀蔵は関藤の診療所を後にした。

だが、ここから門前町となると、かなりの道のりである。

五十路《いそじ》も半《なか》ばを過ぎた亀蔵には、以前のような脚力《きやくりよく》もなければ、奮《ふる》い立つような気力もない。

亀蔵は通りで客待ちをする四ツ手（駕籠《かご》）に目を留《と》めると、迷わず片手を挙げた。

「おっ、品川宿門前町、立場茶屋おりきまで、大急ぎで行ってくんな！」


その頃、車町の八文屋《はちもんや》では、やっと昼の書き入れ時が終わったばかりのところで、こうめが飯台《はんだい》の皿小鉢《さらこばち》を片づけていた。

現在《いま》、見世《みせ》の中には初午帰りの親子連れが一組と、浪人高田誠之介《たかだせいのすけ》が……。

誠之介は正午前に左官の朋吉《ともきち》や仙次《せんじ》たちとやって来たのであるが、かれこれ一刻《いっとき》（二時間）あまりになるというのに、朋吉たちが帰った後も席を立とうとしない。

しかも、珍しいことに、朋吉が鳥目《ちょうもく》（代金）を払おうとすると、今日は俺の奢《おご》りだ、いいから、おめえたちは帰《けえ》りな、と太っ腹なところを見せたのである。

「おっ、雨でも降らなきゃいいが……」

「雨ならまだいいが、雪は勘弁《かんべん》してくれよな！」

朋吉や仙次がそう言うと、誠之介は決まり悪そうな顔をした。

「ああ、なんとでも言っとくれ！　おまえたちは俺が奢るのがよっぽど珍しいようだが、嫌なら止めたっていいんだぜ」

「天骨《てんこち》もねえ！　ああ、雨でも雪でも、どんどん降ってくれってんでェ……」

「へへっ、馳走《ごち》になりやす！」

朋吉たちは誠之介の気が変わらないうちにと、這々《ほうほう》の体《てい》で帰って行った。

「まっ、高田さま、余程《よほど》、懐《ふところ》が温かいみたいですね」

こうめがちょっくら返すと、誠之介は照れ臭そうに無精髭《ぶしょうひげ》を撫《な》でた。

「ちょいと戯作《げさく》が売れたものでな」

こうめが慌てて盆《ぼん》を飯台に戻し、目をまじくじさせる。

「戯作って……。えっ、高田さま、そんなことをなさってんですか！　戯作といえば、山東京伝《さんとうきようでん》や十返舎一九《じつぺんしやいつく》、曲亭《きよくてい》（滝沢）馬琴《ばきん》といった……。そう、なんてったっけ？　南総里見八犬伝《なんそうさとみはつけんでん》……。あんなものを高田さまが？」

誠之介は挙措《きよそ》を失った。

「まさか……。俺なんぞ、そのような人気戯作者の足許《あしもと》にも及ばない。西村永寿堂《にしむらえいじゆどう》から予定していた戯作者が急病のために書けなくなったので、試《ため》しに書いてみないかと言われて書いただけで、引き続き依頼があるかどうか、それすら判らないのだからよ」

「ねっ、ねっ、どんな話なのか聞かせてよ！」

「こうめちゃん、てんごう言うのも大概にしな！　高田さまが話して聞かせてたんじゃ、洒落本《しやれぼん》だか黄表紙《きびようし》だか知らないけど、売れるものも売れなくなるじゃないか……。そんなに知りたきゃ、貸本屋から借りることだね。ねっ、高田さま、そうですよね？」

板場から出て来たおさわが助け船を出し、それで、こうめは御座《おざ》が冷《さ》めた（興醒《きようざ》めした）顔をして、誠之介の傍から離れたのだった。

が、それからも、誠之介は客が一人減《へ》り二人減りしても、何やらにたにたと思い出し笑いをしては、一人酒を傾《かたむ》けているのである。

「おっ、こうめ、そろそろ飯《めし》を貰《もら》おうかな。丼物《どんぶりもの》は何が出来る？」

誠之介がこうめの背に声をかける。

「丼物？　今日は深川飯《ふかがわめし》か烏賊飯《いかめし》ってとこかね」

「烏賊飯？　なんだえ、それは……」

すると、再び、おさわが板場から顔を出し、刺身用《さしみよう》の烏賊を糸造《いとづく》りにしてさっと湯に通し、ご飯《はん》の上に載《の》せて出汁《だし》をかけ、その上に下ろし大根《だいこん》、葱《ねぎ》、海苔《のり》、山葵《わさび》を載せたものなんですけどね、お酒を上がった後にはなかなかいけますよ、と説明する。

「ほう、美味《うま》そうではないか……。では、そいつを貰おうか」

「毎度！　おばちゃん、烏賊飯、一丁！」

こうめが板場に注文を通す。

「ご馳走《ちそう》さま。勘定《かんじょう》をして下さいな」

子連れの女ごが席を立つ。

「ご飯にお汁《つゆ》、鯖《さば》の味噌煮《みそに》に赤貝《あかがい》と分葱《わけぎ》の酢和《すあ》えで、一人前三十二文になりますので、締《し》めて四十八文……」

「まあ、四十八文……。蕎麦屋《そばや》に入ろうかと思っていたけど、お菜《さい》が二品《ふたしな》もついてこの値段なら、こっちに入って良かったわ！」

「ええ、うちはなんでも一品八文ですから……。たまに卵料理が出ることがあるんですけど、それでも八文ときて、随分《ずいぶん》とお得ですよ」

こうめが鼻柱《はなばしら》に帆《ほ》を引っかけたように言う。

「滅多《めった》に外で食べることがないんだけど、ねっ、貴坊《たかぼう》、これならちょくちょく来られそうだね？」

女ごが十歳ほどの男の子に目まじする。

「うん。おいら、卵料理が出たときがいいや！」

「まあ、貴坊ったら……。卵は高直《こうじき》だから、そう度々《たびたび》は出せませんってよ。ねっ、そうですよね？」

「そうなんですよ。この次いつ卵料理が出るか坊に教えてあげたいんだけど、おばちゃんにも判らなくてね。ごめんよ。けど、懲《こ》りずにちょくちょくおいでよ。運がよければ、卵料理にありつけるからさ！」

こうめが男の子の角大師《つのだいし》頭を撫でてやる。

年が明けて、みずきは九歳になったばかりだが、この子は一歳ほど上であろうか……。

みずきもお初《はつ》も女ごの子で、こうめが男児に接するのは皆無《かいむ》といってよいが、こうしてみると、男の子もなかなかのものである。

が、そのとき、女ごが訝しそうにえっと首を傾げた。

「今、気がついたんだけど、一人前が三十二文でしたら、締めて六十四文になるのでは……」

「ええ、普通はね。けど、お客さんは初顔《はつがお》だし、今日は坊のご飯とお汁はこっち被《かぶ》りにさせてもらったんですよ」

「えっ、そうなんですか！　でも、それじゃ悪いみたい……」

「いいってことさ！　損《そん》して得《とく》取れ！　うちはまた来てもらえればいいんだからさ」

こうめはけろりとした顔で言った。

「まあ、そうなんですか。良かったね、貴坊！　じゃ、また来させてもらうってことで、今日はこれで……」

女ごが小銭入れから銭を出し、頭を下げる。

「坊、きっとだよ！　卵料理のときを狙《ねら》って来るんだよ」

こうめは一人を見送ろうと先に立ち、油障子《あぶらしょうじ》を開けた。

すると、目の前を黒い影のようなものがすっと過《よ》ぎった。

えっと、こうめは目を瞬《しばた》き、慌てて表に出た。

なんと、小柄な女ごが背を向け、顔を隠すようにして佇《たたず》んでいるではないか……。

「お客さん、昼餉時《ひるげどき》は終わりましたが、まだ大丈夫ですよ。どうぞ、中にお入り下さいな！」

こうめが声をかける。

が、女ごは俯《うつむ》いたまま、振り返ろうともしない。

「じゃ、ご馳走さまでした」

子連れの女ごが会釈《えしやく》して、男の子を促《うなが》すようにして去って行く。

「お客さん、どうしました？　入らないんですか？」

こうめはもう一度声をかけたが、女ごはそれでも動こうとしなかった。

一体全体、なんだっていうのさ！

こうめは胸の内で毒づくと、肝《きも》が煎《い》れたように見世の中に入って行った。

「おや、どうしたんだえ、その顔は……」

誠之介の烏賊飯を運んで来たおさわが、怪訝《けげん》な顔をする。

「どうしたって……。それがさ、見世の前に妙な女ごが立ってるじゃないか！　いや、立ってるというより、中を窺ってたんだよ……。だって、そうでないとしたら、あたしが障子を開けた途端、逃げ出すことはないからね」

　こうめが憎体《にくてい》に言う。

「こうめちゃんの顔を見て、逃げたですって？」

「いえ、あたしの顔を見て逃げたのかどうかまでは判らないんだけど、背を向けて、まるで顔を隠すかのようにして突っ立ってるんだもの……。客なら、堂々と入って来ればいいだろう？　あたし、中にどうぞって声をかけたんだよ。それでも、立ち去るわけでもなく、佇んでいて……。あたし、いい加減《かげん》うんざりしたものだから、放って中に入って来たんだ！」

「ちょいとお待ちよ。じゃ、その女《ひと》、まだ立ってるってことなのかえ？」

「さあ、知らない。どっちにしたって、うちじゃ、あんな気色《きしょく》の悪い女《ひと》はお断りだね！　そうだ！　塩を撒《ま》いてやろうか……」

「こうめちゃん！」

　おさわが鋭い目でこうめを制し、戸口へと寄って行く。

「おばちゃん、止《よ》しなよ！　放っておけばいいんだよ。この寒空の下《もと》で、そうそう長く立っていられるわけがないんだからさ……。それより、あたしたちも中食《ちゅうじき》としようじゃないか。早く食べちまわないと、夕餉《ゆうげ》の仕込みが間に合わなくなっちまう……。

ごらんよ。大鉢《おおばち》も大皿《おおざら》も殆ど皆《みな》になってるんだからさ！」

こうめが気を苛《いら》ったように言う。

が、おさわはその声を振り切り、表へと出て行った。

案の定、女ごはまだ佇んでいた。

背を向けているので顔は見えないが、じれった結びから垂れたほつれ毛に白いものがちらほらと見え、薄い背中や身に着けているものから推測するに、どうやら五十路もつれのようである。

おさわの胸がきやりと高鳴った。

「おまえさん……」

おさわが声をかけると、女ごの背がぎくりと固まった。

「もしかして、八文屋の誰かを訪ねて見えたのではありませんか？」

「…………」

「ああ、大丈夫ですよ、そんなに硬くならなくても……。あたしは八文屋で世話になっているおさわという者ですがね。亀蔵親分にご用ですか？　それとも、こうめちゃん……。ああ、こうめちゃんではないわね。さっき出て来た女《ひと》がこうめといいまして、親分の義理の妹になるんですけどね。けど、おまえさんはこうめちゃんが話しかけても答えようとしなかった……。てことは、鉄平《てっぺい》さん？」

女ごがまたぎくりと身体を硬くした。

鉄平の名が出た途端に、この反応……。

「おまえさん、もしかして、鉄平のおっかさんなんじゃ……」

女ごは俯いたまま、うんうん、と頷いた。

「まあ、じゃ、おまえさんがおすわさん……。そうですか。じゃ、鉄平さんを訪ねてみえたんですね。だったら、こんなところに立っていないで、さあ、早く中にお入り下さいな！　今、鉄平さんに知らせてきますんで……」

おさわがおすわの傍に寄って行き、肩を抱きかかえようとする。

おすわは怯えたような目をして、おさわを見上げた。

「いえ、あたしは……、あたしは……」

「けど、わざわざ芝横新町《しばよこしんまち》から来られたってことは、鉄平さんに用があるからなんでしょう？　ああ、見世から入りにくいってことなんですね？　だったら、水口《みずぐち》に廻りましょう。そこからだと見世にいる者に気づかれずに板場に入れますんでね」

おさわがおすわの肩に手を廻し、水口のほうに導《みちび》く。

おすわは気後《きおく》れしながらも、怖《お》ず怖ずとついて来た。

「きっと、鉄平さん、驚くでしょうよ。そうだ！　お初ちゃんに逢うのも初めてなんですよね？」

「お初……」

「ええ、おすわさんの孫ですよ」

「孫……。鉄平に赤児《やや》が？」

「ええ。二歳になったばかりでしてね。ああ、おすわさんは赤児《やや》が生まれたことを知らなかったのですね？」

おさわがそう言うと、おすわはぴたりと脚を止めた。

「あたし、やっぱり帰ります」

「ここまで来て、帰るなんて、そんな……」

「あたしは鉄平が祝言《しゅうげん》を挙《あ》げると知らせをくれたのに、顔も出さなければ祝いのひとつも言ってやらなかった親です。いえ、親らしきことを何ひとつしてやらなかったんだから、親とは呼べません……。そんなあたしだから、鉄平に子が出来たことを知らなくても当然……。あたしは鉄平に合わせる顔がないんです……」

「何を莫迦《ばか》なことを言ってるんです！　合わせる顔があろうとなかろうと、おまえさんは鉄平さんのたった一人のおっかさんじゃないですか……。おまえさんが鉄平さんを連れ子して現在《いま》のご亭主と所帯を持ったことも、そのご亭主との間に二人の子が出来たことも知っています。おまえさん、鉄平さんのことで、ご亭主にずっと気を兼ねて暮らしてこられたのではありませんか？　だから、胸の内では鉄平さんに済まないと手を合わせながらも、母親らしきことがしてやれなかった……。ねっ、そうではありませんか？」

「あたしは薄情《はくじょう》な母親なんですよ」

おすわが鼠鳴《ねずみな》きするように言う。

「薄情なのではないのですよ。我が腹を痛めた子ですもの、現在《いま》のご亭主との間に生まれた子と変わりなく可愛いはずです。それなのに、ご亭主に遠慮《えんりょ》して、表立って可愛がることが出来なかったというだけのこと……。それがどれだけ辛いことか、あたしには解ります。きっと、鉄平さんだって、それは解っているはず……。今日、こうしておまえさんが思い切って訪ねてきて下さったんだもの、これを雪解《ゆきど》けと思わないでどうしましょう。さっ、その水口の戸を開けて中に入れば、鉄平さんが……。おまえさんの息子が待っているんですよ」

「鉄平があたしを待っている……。いえ、そんなことがあるはずがない……」

「まだそんなことを！　さっ、いいから中に入って……。鉄平、おまえ、驚くんじゃないよ！　一体、誰が訪ねて来たと思う？　鉄平、さあ、早く！」

おさわが水口から板場に顔を突き出し、大声で鳴り立てる。

「なんでェ、おばちゃんは……。大きな声を出してよ」

鉄平が水口に寄って来る。

おすわの頬に、さっと緊張の色が走った。


「おっかさん……」

おすわを見た鉄平の顔から、見る見るうちに色が失せた。

「鉄平……。ごめんよ、いきなり訪ねて来て……」

おすわが気を兼ねたように、恐る恐る上目《うわめ》に鉄平を窺う。

「何しに来た！」

「何しにって……」

おすわが項垂《うなだ》れる。

「ちょいと、鉄平、莫迦をお言いでないよ！　何しに来たって、おまえに逢いに来たに決まってるじゃないか」

　おさわが焦《じ》れったそうに割って入る。

　板場の尋常《じんじょう》でない気配《けはい》に、こうめが見世から板場へと入って来る。

「ちょいと、皆して何をやってるのさ！　あっ、おまえさんはさっきの……。えっ、うちの男《ひと》の知り合いだったのかえ？」

　こうめが目をまじくじさせる。

「知り合いも何も、鉄平のおっかさん、おすわさんだよ」

　おさわがそう言うと、こうめは、あっ、と声を上げた。

「ごめんなさい！　あたし、そうとも知らずに失礼な態度を取っちまって……。ああ、どうしよう……。けど、おっかさんもおっかさんじゃないか！　何故《なぜ》、はっきりとそう言ってくれなかったのさ……」

　おすわは申し訳なさそうに肩を丸め、済んません、と頭を下げた。

「いいんですよ、そんなことは……。それより、どうだろう。こうめちゃん、高田さまはもう帰ったんだろう？　だったら、暖簾《のれん》を中に入れて、これから皆で中食を食べようじゃないか！　ねっ、そうすればゆっくり話が出来るし、夕餉は七ツ（午後四時）頃から仕度《したく》して、それも今宵《こよい》はあり合わせってことにすればいいんだからさ。こうめちゃん、早く暖簾を中に入れて戸締《とじ》まりをしておくれ……。そうすりゃ、誰にも邪魔《じゃま》されることないからさ！」

「おばちゃん、そりゃ駄目だ！　何があろうと見世を閉めねえというのが、うちの決まりだからよ」

鉄平が引き攣《つ》った顔をして、異を唱《とな》える。

「誰が休むと言ったかえ？　夕餉時《ゆうげどき》にはちゃんと開けるんだもの、日中一刻ほど閉めたって、誰が文句を言おうかよ！　いいから、こうめちゃん、閉めてきな。それでっと、あたしは中食の仕度をするから、鉄平、おすわさん、食間に上がって待っていて下さいな。そうだ！　食間にはお初ちゃんがいますからね。現在《いま》は婆《ばあ》やに子守をしてもらってますが、よかったら抱っこしてやって下さいな」

「………」

おすわが怖々と鉄平を窺う。

鉄平は憮然《ぶぜん》とした顔をして、食間に上がって行った。

おさわの胸に一抹《いちまつ》の不安が過ぎったが、鉄平とおすわはなんと言っても実の母子《おやこ》である。

この際、母子《おやこ》二人にしておくほうが案外甘《うま》くいくかもしれない。

そう思い、戸締まりをして慌てて食間に上がろうとするこうめを引き止め、中食の仕度を手伝わせることにした。

「えっ、なんでさ！　あたしだって鉄平のおっかさんと話をしたいじゃないか……。だって、あたし、おっかさんとは初めてといってもいいんだよ？　先《せん》に、鉄平を捜しに芝横新町に行ったことがあるけど、あのときはちらと見ただけで、顔もはっきり憶《おぼ》えていないんだからさ……。それにあの女《ひと》、現在《いま》はあたしにとってはお姑《しゅうとめ》さんなんだよ？」

「だから、それは中食を済ませてからでいいだろう？　とにかく、現在《いま》は二人だけにしておいてやりな」

「二人だけって、お初や婆やがいるんだよ」

「いいんだよ。お初はまだ何も解らないネンネだし、婆やは耳の遠くなった婆さまなんだ。いてもいなくても同じこと……。が、こうめちゃんはそういうわけにはいかないだろう？　さっ、いいから手伝っておくれよ！」

こうめは不服そうにぷっと頰を膨《ふく》らませ、丼鉢《どんぶりばち》にご飯を装《よそ》っていった。

「あたしたちも烏賊飯にするんだろ？」

「そうだよ。よく判ったじゃないか」

「判るさ！　さっと出来て、ご馳走らしく見えるのは、これしかないからさ」

おさわはくすりと肩を揺らした。

そうして、おさわたちは烏賊飯とお菜の煮染《にしめ》、鰯《いわし》の梅煮《うめに》を盆に載せて、おすわたちの待つ食間へと入って行った。

が、どういうことであろうか、てっきり母子《おやこ》の会話が弾《はず》んでいると思っていたのに、食間にきんと張り詰めた空気が漂《ただよ》っていたのである。

鉄平は不貞《ふて》た顔をして長火鉢《ながひばち》の灰をせかせかと火箸《ひばし》で搔いているし、おすわが肩を丸めて膝《ひざ》に置いた両手を閉じたり開いたりしていて、婆やがそんな二人を困じ果てた顔で窺っているではないか……。

その中で、周囲《まわり》の空気などお構いなく、お初が覚束《おぼつか》ない足取りで、少し歩いては尻《しり》餅《もち》をつき、再び立ち上がると歩こうとしている。

「おやまっ、皆、どうしちまった？　さあさあ、中食にしようじゃないか……。こうめちゃん、皆の膳《ぜん》に烏賊飯を配っておくれ」

おさわが気まずいその場の空気を払うように言い、大鉢から小皿へと煮染を取り分ける。

「一緒に中食をなんて言ったって、急なことで大したものはないんですけどね……。

幸い、今朝、鉄平が活《い》きのよい烏賊を仕入れてきましてね。煮染と鰯の梅煮はうちの定番《ていばん》なんですよ。これだけは欠《か》かさないようにしてますの……。さっ、どうぞ、遠慮なく上がって下さいな」

　おさわがおすわの膳に、煮染と鰯の梅煮の小皿を置く。

「まあ、これは……」

　おすわは目を瞠《みは》った。

「烏賊飯はこうめちゃんに作らせましたのよ。ああ、そう言えば、こうめちゃんが嫁《よめ》姑《しゅうとめ》としておすわさんに逢うのは、今日が初めてでしたよね？　こうめちゃん、ちゃんと挨拶《あいさつ》をするんだよ。おまえのおっかさんなんだからね」

　おさわに言われ、こうめが慌てて威儀《いぎ》を正し、深々と辞儀をする。

「こうめです……。本当はもっと早く挨拶しなきゃならなかったのですが、うちの男《ひと》に芝横新町まで連れてってくれと頼んでも、なかなか……。今日まで挨拶が遅れて申し訳ありませんでした」

　おすわが挙措を失い、飛蝗《ばった》のようにぺこぺこと腰を折る。

「あたしこそ、祝言に招かれたというのに不義理《ふぎり》しちまって、申し訳ないことを……。あたしだけでも出てやればよかったんだけど、亭主がいい顔をしなくって……。けど、祝言のあったあの日、門前町のある方向に向けて手を合わせていたんですよ。そしたら、地震が起きたじゃないですか……。あたしは二人の子を連れて逃げるのに筒一杯《つついっぱい》で……」

「あのときの地震で、おすわさんの裏店では被害があったのですか？」

　おさわが訊ねる。

「いえ、幸い、芝横新町ではどこも大した被害はなかったようで……。けど、品川《しながわ》宿《しゅく》ではかなりの被害があったようですね？　あたし、鉄平が祝言を挙げる立場茶屋おりきはどうだったのかと心配になり、逢う人ごとに訊ねてみたんですよ。そしたら、まず、車町の八文屋は大丈夫だったと知らせが入り、続いて、猟師町《りようしまち》、北馬場《きたば》町《ばちよう》では家屋《かおく》が倒壊《とうかい》し、火が出ているとの知らせで、あたし、生きた空もないほど動転して……。けど、火が出たのは裏店や仕舞《しも》た屋で、表通りのお店《たな》はどこも大した被害がなかったと聞き、それでやっと、立場茶屋おりきも大丈夫だったのだなと胸を撫で下ろしましたんで……」

「立場茶屋おりきにまったく被害がなかったわけではないんですけどね。と言っても、大した被害ではなく、下足番が寝起きをする小屋が崩《くず》れ落ちただけなんですがね……。幸い、お客さまにも店衆《たなし》にも怪我人《けがにん》が出なくて助かりましたが、鉄平とこうめちゃんの祝言の日に震災《しんさい》があるなんて……。これでもう、あの日は忘れようにも忘れられない日となりました」

「申し訳ありません。本当は親のあたしがしてやらなきゃならないというのに、何もかもを親分やおさわさんに押しつけてしまって……。穴があったら入りたいほどです」

おすわが再び畳《たたみ》に頭を擦《す》りつける。

「もう、いいんですよ。さっ、頭を上げて！　冷めないうちに食べましょうよ。話はそれからだ！」

おさわが皆を促し、率先《そっせん》して箸《はし》を取る。

「こうめちゃん、よく出来たじゃないか。美味いよ！」

「そう？　烏賊に火が通りすぎていないかな？　おばちゃんから烏賊は半生《はんなま》くらいのほうがいいと言われてたんで、さっと湯に潜《くぐ》らせただけなんだけど……」

「ああ、これで上等だ。さあ、おすわさんも上がって下さいよ」

おすわが怖ず怖ずと箸を取る。

そうして、烏賊飯をひと口食べると、感極《かんきわ》まったようにこうめを瞠めた。

「美味《おい》しい……。あたし、これまで一度もこんなご馳走を食べたことがない……。これが烏賊飯なんですね」

「こんなのは馳走のうちに入りもしない！　おばちゃんはね、惣菜《そうざい》を作らせたら天下一！　あの立場茶屋おりきの板頭《いたがしら》だって、一目《いちもく》置いてるくらいなんだからさ！　嘘《うそ》だと思ったら、この煮染を食べてみて下さいよ。煮染にかけては誰にも負けやしないんだから……。正《まさ》な話、おばちゃんの煮染に惹《ひ》かれてうちに来る常連が多いんだからさ」

こうめが我がことのように鼻蠢《おごめ》かせる。

「止《よ》しなよ！　恥ずかしいじゃないか」

「婆や、婆やも遠慮しないで食べなよ！　お初、そうかえ、美味いかえ？　この娘《こ》ね、本当に手のかからない娘《こ》なんですよ。上のみずきは生まれつき身体が弱くて食事を摂《と》らせるのにも難儀《なんぎ》したけど、この娘《こ》はなんでも食べてくれるんで大助かり！」

こうめが婆やから人参《にんじん》を食べさせてもらうお初に、片目を瞑《つぶ》ってみせる。

「みずき？」

おすわが戸惑ったように、おさわを見る。

「ああ、みずきはこうめちゃんの連れ子で、今年で九歳になりましてね。現在《いま》は立場茶屋おりきが営むあすなろ園に行ってますが、夕方には戻って来ますよ。けどね、おすわさん、鉄平は偉いんですよ。みずきのことを我が娘《こ》のように可愛がってくれましてね。お初が生まれてからも、分け隔《へだ》てするどころか、寧《むし》ろ、みずきのほうをより可愛がっているほどなんですからね」

おさわはそう言い、ちらと鉄平に目をやった。

鉄平が慌ててぞんざい気に言い放つ。

「当然だろ？　みずきと一緒に暮らした月日のほうが長《なげ》ェんだからよ……。俺ャ、どこかの誰かさんとは違う！　てめえの子が出来たからって、女房の連れ子を邪険《じゃけん》にするようなことはしねえからよ。まっ、あの男の場合、我が子が出来たから俺を邪険に扱ったわけじゃなく、端《はな》から俺を邪魔者《じゃまもの》扱いにしてたんだがよ！」

鉄平の毒のある言い方に、おさわはそそ髪《がみ》の立つ想《おも》いがした。

鉄平は未《いま》だに拭《ぬぐ》おうにも拭えない宿怨《しゅくえん》を、胸の内に秘《ひ》めているのであろう。

鉄平の口から、義理の父親《てておや》のことを詳《くわ》しく聞かされたことはない。

が、それだけに、恨《うら》み心の根が深いとも言えるのではなかろうか……。

鉄平が八文屋にやって来たのは、六年ほど前のこと……。

それまでは歩行新宿の山吹亭《やまぶきてい》で追廻《おいまわし》をやっていたのだが、何をやらせても鈍臭《どんくさ》いと板場衆から苛《いじ》め抜かれ、行き場を失い八文屋にやって来たのである。

が、鉄平は仕事が丁寧《ていねい》というだけで、鈍臭いわけでも料理の才がないわけでもなかった。

心根《こころね》が優《やさ》しく、つい相手のことを思ってしまい、理不尽《りふじん》なことを言われていると解っていても抗《あらが》うことが出来なかったのである。

当然、競肌《きおいはだ》でせっかちなこうめとは、水と油……。

こうめはことあるごとに鉄平を鳴り立てたが、それは鉄平が憎いからではなく、どちらかと言えば、伝い歩きを始めた我が子を母親が心許《こころもと》なげに見守るのと同じで、転ばぬ先の杖《つえ》といってもよいかもしれない。

こうめには鉄平が気が気ではなかったのである。

鉄平を男として意識していたといってもよいだろう。

振り返るに、こうめはそれまでも小心者《しょうしんもの》で、どこか陰のある男にしか惹かれてこなかった。

通新町《とおりしんまち》の漬物屋《つけものや》の入り婿《むこ》、伸介《しんすけ》しかり……。

伸介は息子を遺《のこ》して女房に死なれたと嘘を吐き、女心《おんなごころ》を擽《くすぐ》り同情を惹いた挙句、こうめに子を孕《はら》ませ、女房の許に逃げ帰った男である。

結句、こうめはみずきを女手《おんなで》ひとつで育てることになり、伸介は心《しん》も懲《こ》りもなく再び他の女に手を出して、悋気《りんき》した女房に刺されて生命《いのち》を落とすことになってしまったのだった。

が、心も懲りもないのはこうめも同じで、弱い男とみるとつい手を差し伸べたくなり、いつしか心は鉄平へと……。

一方、鉄平は鉄平で、気の勝ったこうめから競口《きおいぐち》を叩かれようと嫌な顔も見せずに、女手ひとつでみずきを育てるこうめに温かい目を向け、父《てて》なし子《こ》のみずきを我が娘のように慈《いつく》しんだのである。

そんな二人を見て、亀蔵はいっそのこと、やけ所帯を持たせてはどうかと考えた。

案の定、こうめは鉄平と所帯を持つことをあっさりと了承《りょうしょう》した。

「鉄平は何を訊いても、暖簾に腕押し！　いいも悪いもねえのよ。恥ずかしそうに顔を赤らめるだけで、おてちん（お手上げ）でエ！　けど、嫌だと言わねえところをみると、それでいいんだろう。それによ、仲介の場合と違って、鉄平は正真正銘の独《ひと》り身だしよ。芝横新町の義理のおとっつァんやお袋《ふくろ》も、元々鉄平を邪魔にしてたんだ、鉄平が八文屋に片づけば、せいせいするだろうしさ……。そんな理由《わけ》でよ。が、そうと決まっちゃ、早《はえ》ェほうがいいからよ。梅雨《つゆ》に入るまでには祝言を挙げようと思い、牛頭天王祭《ごずてんのうさい》が終わった翌二十日、昼間でいいから、ここの広間を使わせてもらいてェと思ってよ。まっ、祝言といったって、俺におさわに、みずき、それに、肝心《かんじん》のこうめと鉄平……。一応、芝横新町に声をかけちゃみるが、これまでのいきさつからして、出やしねえだろうからさ。おっ、おりきさん、達《たつ》つァんよ、おめえら二人は出てくれるだろう？ となれば、七人か……。一両ほどしか払えねえが、それでなんとか料理のほうを見繕《みつくろ》ってもらえねえかな？」

亀蔵はおりきにそう頼んできたのである。

案の定。芝横新町からは誰も来なかった。

当てにしていなかったとはいえ、亀蔵が知らせたのにもかかわらず、おすわも義理の父親《てておや》も祝いの品ひとつ届けてこなかったのである。

「けどよ、いっそ、すっきりしたぜ。正な話、今更《いまさら》、どの面下げて継子《ままこ》苛めした鉄平の祝言に参列できるのかと思っていたが、あいつらもそう思ったんだろうて……。知らせたのに、無視しやがったんだからよ。ヘン、これで、鉄平には親兄弟《おやきょうでえ》はいねえと踏ん切りがついたってわけよ。これからは、鉄平が八文屋の当主となるんだが、俺の目が黒《くれ》ェうちは、今後、あいつらが何を言ってきても、相手にしねえからよ。塩を撒いて、追い払ってやらァ！」

亀蔵は糞忌々《くそいまいま》しそうにそう言った。

亀蔵が鶏冠《とさか》に来たのも無理はない。

まだ、鉄平がこうめと所帯を持つ前のことである。

あるとき、鉄平が出汁の鍋《なべ》を引っくり返し、いつものようにこうめからポンポン鳴り立てられて、鉄平がふっと姿を晦ませたことがある。

「そりゃ、こうめ、おめえが悪い！　おめえみてェにギャアギャア喚《わめ》き散らしたんじゃ、鉄平でなくても、愛想《あいそ》も糞も尽かしちまわァ。出て行きたくなったとしても、無理はねえからよ！」

亀蔵がそう言うと、こうめは今にも泣き出しそうな顔をした。

「出て行くって……。ああ、やっぱ、そうなんだろうか……」

「けど、出て行くって、鉄平には行くところなんてないでしょうに……。確か、親兄弟は芝横新町の裏店にいると聞いたけど、鉄平は母親の連れ子で、義理の父親《てておや》や兄弟の間で、肩身《かたみ》の狭《せま》い想いで暮らしていたというではありませんか。そんなところに帰るかしら？」

おさわはそう言ったが、亀蔵には鉄平の行くところは実の母親のいる芝横新町しかないように思えた。

それで、こうめを伴《ともな》い芝横新町を訪ねたのであるが、左官をしているという義父は、木で鼻を括《くく》ったように吐《は》き出した。

「鉄平？　いねえよ、そんなもん！」

その傍《かたわ》らで、仕立物をしていた母親のおすわが、ぺこんぺこんと、気を兼ねたように腰を折った。

六畳一間の板敷《いたじき》の部屋では、鉄平の義弟《おとうと》であろうか、八歳ほどの子とみずきとさして歳の違わない子が、たった一つの独楽《こま》を奪い合っていた。

「煩《うるせ》ェ、静かにしな！」

義父は子供たちをどしめくと、再び、亀蔵に目を向けた。

「あの愚図郎兵衛《ぐずろべえ》が！　何をやらせても長続きがしねえんだからよ！　けどよ、へち屎《くそ》（役立たず）にだって多少の意地ってものがあらァ。一旦《いったん》、親元から自立したが最後、不《ふ》のつくことがあろうが、、、、、やりくじりをしようが、どの面さげて帰《けえ》って来られようか！　生憎《あいにく》だったな。ここにゃ戻ってねえぜ」

義父のその表情には、鉄平の安否《あんぴ》を気遣う様子は微塵《みじん》も窺えなかった。

「義兄《にい》さん、帰ろうよ」

こうめがそう言い、それで引き上げてきたのだが、そのときの印象は、ここに鉄平の居場所はないということだった。

結句、そのときは、行く宛《あて》もなく、町中を彷徨《さまよ》った末尻って来てくれたのだが、そんなことがあり、鉄平はこうめのなくてはならない存在となったのだった。

「まあまあま……。今更、そんな話をしたってしょうがないじゃないか。それより、早く食べてしまおうよ！」

おさわが気を利かせ、話題を替《か》える。

鉄平は怒ったような顔をして、烏賊飯を搔き込んだ。

「それで、一体《いってえ》なんの用があって来た」

食後、焙《ほう》じ茶をひと口啜《すす》ると、鉄平はおすわに目を据えた。

「…………」

おすわが狼狽《うろた》えたように目を伏せる。

「なんの用って、おまえさん、何を言ってるんだえ！　おっかさんはおまえさんに逢いたくて来たんじゃないか……。孫の顔を見たくなったのかもしれないしさ」

こうめが慌てて割って入る。

「孫の顔ったって、この女《ひと》はお初が生まれたことも知らねえんだ。そんなわけがねえだろ！」

鉄平が憎体に言う。

「何言ってんだよ！ 風の便りで、おまえさんとあたしの間に赤児《やや》が生まれたと知ったのかもしれないじゃないか。ねっ、おっかさん、そうなんだよね？」

こうめがおすわの顔を覗き込むと、おすわはますます挙措を失った。

「…………」

「ほれ、見な！ この女《ひと》は俺のことなんざァ、気にしていなかったんだよ。いつだって、あの男の顔色ばかり窺って、俺があいつに折檻《せっかん》されても見て見ぬ振りをしてたんだからよ！ 奉公に出されてからも、他の奴らが藪入《やぶい》りで里下《さとお》りしても、俺には帰《けえ》る家がなかったんだからよ……。そりゃ、傍目《はため》を気にして俺も一応里下りする振りをしてみせたさ。けど、芝横新町の裏店までは戻っても、路次口から一歩中に入《へえ》る勇気がなくてよ……。空腹《からはら》を抱えて、今頃、弟たちは何を食ってるんだろうかと頭に描《えが》きながら、丸二日、芝界隈《しばかいわい》をあちこちと彷徨い歩いてた……。この女《ひと》が本当に俺のことを案じてくれていたのなら、藪入りに戻って来ねえ息子を気遣い、どうしているのかと見世に問い合わせのひとつもしていただろうさ！ ところが、終《つい》しか、それもなかった……」

「違うんだよ！　あたし、おまえが最初《はじめ》に奉公に上がった紺屋《こうや》に訊ねてみたんだよ。藪入りに戻って来るかと待っていたのに戻って来なかったが、おたくは奉公人に里下りもさせないのかって……。けど、嗤《わら》われちまってさ。里下りさせたのに家に戻らなかったのは、大方、半期分の給金を手にして舞い上がり、遊び呆《ほう》けていたんだろうって……。いや、おまえはそんなことをする子じゃないと解っていたよ。けど、そう言われたら、引き下がるより仕方がないじゃないか……。それに、その後、紺屋を辞《や》めちまったというし、どこに行っちまったんだか判らないのじゃ、捜しようもない……」

「よく言うぜ！　じゃ、あの男から何も聞いていねえのか？　あいつ、藪入り前《めえ》に紺屋を訪ねて来て、無理矢理、俺に給金の前借りをさせたんだからよ。これまで食わせてやったことを思えば、このくれェのことをするのは当然だろうって……。だから、俺ャ、あそこにいたのでは、この先ずっと、あの男の餌食《えしき》にされると思い、あの見世を辞めたんだ……。それによ、ひだるい腹を抱えて町中を彷徨っていたとき、やたら、食い物屋の看板が目についてよ。板場脇を通ると、中からぷうんといい匂《にお》いが漂ってくる……。俺ャ、同じ我勢《がせい》をするのなら、こんなところでしてェと思った。それで、歩行新宿の山吹亭に追廻として入《へえ》ったんだ。俺ャ、鈍臭ェ、愚図郎兵衛と言われても、懸命に辛抱《しんぼう》した……。どんなに悪態《あくたい》を吐かれても、俺ャ、料理に携《たずさ》わっていることに幸せを覚えたんだ！　そんなあるとき、相変わらず藪入りになっても帰《けえ》るところがなくて車町界隈を彷徨っていたところ、おばちゃんの煮染に出逢ったんだ……。ひと口食って、俺ャ、目から鱗《うろこ》が落ちたように思ったよ。俺が探し求めていたものは、品《ひん》をした料理屋の料理じゃねえ、どこかしら心を豊かにしてくれる、この味だ……と。それで、雇《やと》ってくれねえかと頭を下げて現在《いま》の俺があるんだよ。だから、俺にとってのお袋はこの女《ひと》じゃねえ！　おばちゃんなんだよ。解ったか？　解ったら、偉そうにお袋面をするのは止してくんな！」

鉄平はそう鳴り立てると、ぷいと顔を背《そむ》けた。

「鉄平、黙って聞いてりゃなんだえ！　それが腹を痛めて産《う》んでくれたおっかさんに言う言葉かえ！　おすわさんはね、おまえに母親らしきことをしてやりたくても、出来ない事情があったんだよ。子を可愛くない母親がどこにいようか！　あたしには解る。離れ離れに暮らさなきゃならない事情があることもね……。きっと、おすわさんはおまえが義理のおとっつァんと離れて暮らしたほうがよいと思ったんだよ。だから、獅子《しし》が千仞《せんじん》の谷に子を突き落とすみたいに、おまえに自立を促したんだと思うよ。おまえなら出来る、独りにしてやるほうが幸せなのだと信じてさ……」

おさわが諄々《じゅんじゅん》と諭《さと》すように言う。

こうめの胸がきりりと疼《うず》いた。

おさわは一人息子陸郎《りくろう》のことを想っているのであろう。

幼い頃から英知《えいち》に長《た》け、海とんぼ（漁師）の息子として育てるより、学問の道で立身《りっしん》をと雀村塾《じゃくそんじゅく》の書生に入れ、子別れしたおさわ……。

その後、陸郎はその才能を買われて油問屋川口屋《かわぐちや》の養子となり、御家人株《ごけにんかぶ》まで買い与えられ、武家の身分となったのである。

が、それから六年半後、病《やまい》を得た陸郎は帰らぬ人に……。

とは言え、おさわには悔いはないだろう。

陸郎には生きたいように生かせてやれたし、忘れ形見の軌一郎《きいちろう》はいずれ黒田《くろだ》家の家督《かとく》を継《つ》ぎ、陸郎の果たし得なかった道を真っ直《す》ぐに歩んでいってくれるのだから……。

寂しくないといえば、嘘になるだろう。

だが、その寂しさも、我が子や孫が幸せに暮らしてくれることで吹っ飛んでしまう。

それが、親というもの……。

「おさわさん、もうそれ以上は……。いえ、あたしはこの子からなんと誹《そし》られても仕方がない母親なんですよ。けど、安心しました。鉄平がこんなに温かい皆さまに囲まれて暮らしていると知り、お初ちゃんの顔が見られただけでも、今日ここに来た甲斐《かい》がありました。どうか今後とも、鉄平のことを宜《よろ》しく頼みます。では、あたしはそろそろお暇《いとま》いたします」

おすわが改まったように頭を下げる。

「まあ、もう……。じゃ、せめて、お初ちゃんを抱っこしてやって下さいな。お初ちゃん、さあ、お祖母《ばあ》ちゃんに抱いてもらいましょうね」

お初がとほんとした顔をしている。

日頃から人見知《ひとみし》りしない娘《こ》といっても、これまで一度も逢ったことのない女ごを、いきなりお祖母ちゃんと言われても……。

「さあ、抱っこしてもらいなさい」

おさわがおすわにお初を抱かせようとする。

「お初ちゃん。まあ、なんて愛らしいんだろう……。目許《めもと》がどこかしら鉄平に似ているような……。あたしは男の子しか恵《めぐ》まれなかったけど、女ごの子って、こんなに可愛いんだ！　ねっ、お初ちゃん、お祖母ちゃんでちゅよ！」

おすわがお初の頬をちょいと指でつつく。

　すると、遂に我慢《がまん》の限度を超《こ》したとみえ、お初がワッと泣き声を上げた。

「まっ、どうしちまったんだろ？　珍しいことがあるもんだよ。この娘《こ》、いつもは人見知りしないのにさ……」

　おさわが慌ててお初を抱き取る。

「餓鬼《がき》だろうと、人を見るっていうからよ！」

　鉄平がぽつりと呟く。

「おまえさん！」

　こうめが鋭い目をして鉄平を制す。

「気にしないで下さいね。いつもはこんなことないのに、きっと、おとっつァんが不《ふ》機嫌《きげん》な顔をしているものだから、子供心にも不安になったんだろうからさ。これに懲りずに、またちょくちょく顔を出して下さいね。そしたら、この娘《こ》も懐《なつ》くでしょうから……」

　おさわが申し訳なさそうに、おすわを窺う。

「いえ、いいんですよ。じゃ、あたしはこれで……。ご馳走になり申し訳ありませんでした」

　おすわがこうめと婆やに会釈すると、立ち上がりざま、ちらと鉄平を流し見る。

「鉄平、身体に気をつけるんだよ……」

「………」

鉄平は答えようとしなかった。

こうなると、手のつけようがない。

おすわがもう一度深々と頭を下げ、食間から出て行く。

おさわはお初を婆やに渡すと、見送ろうと後に続いた。

「おまえさん、本当にいいんだね？」

こうめが鉄平の目を瞠める。

「………」

「おっかさん、本当は何か用があって来たんだよ」

「………」

「何か言いたげに見えたけど、おまえさんが不人相《ぶにんそう》な顔をしているもんだから、それで何も言い出せなかったんじゃ……」

鉄平がつと顔を上げ、こうめに目を据える。

縋るような目をしていた。

「こうめ、現在《いま》、俺が使ってもいい金は幾《いく》らだ？」

「おまえさんが使ってもいい金？　ああ、そういうことか……。そうだね、見世とは関係のないあたしたちの金で、おまえさんが使ってもよい金といったら、三分ってとこかな？」

「その金、俺が使っていいか？」

「おっかさんに渡すっていうんだろ？　ああ、いいともさ！　ちょっと待っててね」

こうめが二階の閨《ねや》へと上がって行く。

そこに、おすわを見送ったおさわが戻って来た。

「おや、どうしたんだえ？」

「あいつ、もう帰《けえ》ったのか？」

「おっかさんを摑《つか》まえて、あいつとはなんだえ！　ああ、たった今帰ったよ」

こうめが足音も高く、二階から下りて来る。

「さっ、早く、この金を持って追いかけるんだよ！」

「ああ、済まねえ！」

鉄平が金を受け取り、脱兎《だっと》のごとく飛び出して行く。

おさわは驚いた顔をして鉄平の後《うし》ろ姿を見ていたが、振り返ると、こうめに満足そうな笑《え》みを送った。

「おっかさんに金を渡そうなんて、鉄平も善《よ》いところがあるじゃないか！　こうめちゃんが言い出したのかえ？」

「ううん。鉄平から言い出したんだよ。まっ、そう言ってくれて、あたしは嬉しかったけどね」

「鉄平ったら、本当は最初《はじめ》からそうしたかったんだろうし、優しい言葉のひとつもかけたかったんだろうに、莫迦だよ、情を張るなんてさ！」

おさわがくすりと笑う。

「あっ、言ってくれるじゃないか……。莫迦な亭主を持って悪うござんしたね！」

こうめはそう言い返したが、嬉しさが込み上げたのか、くくっと肩を揺すった。

「それで、どう思う？」

亀蔵がおりきと貞乃の顔を窺う。

「どう思うかと言われましても……」

「あの子、やっと母親と妹の死を仕方がなかったことなんだと受け止められるようになったのですよ。それなのに、あの子たちを捨てて出て行った父親《てておや》が舞い戻って来て、それも死にかけていると知らせるのは……」

おりきと貞乃が困じ果てたように顔を見合わせ、ちらと子供部屋の武蔵を窺う。

武蔵は勇次《ゆうじ》や悠基《ゆうき》と積み将棋《しょうぎ》に興じていた。

その傍で、おいね、おせん、みずき、おひろといった女ごの子が歌留多《かるた》遊びを……。

「勇坊たち、一緒に歌留多遊びをしようよ！　多いほうが面白《おもしろ》いもん」

おせんが男の子たちに声をかける。

「待ちなよ！　もうちょいで片がつくんだからよ」

どうやら勇次の一人勝ちのようで、勇次の前には将棋の駒《こま》が山積みとなっている。

亀蔵は視線をおりきたちに戻すと、苦虫《にがむし》を噛《か》み潰《つぶ》したような顔をした。

「けどよ、小平太が病の身を圧《お》して裏店まで戻って来たのは、死に日にひと目女房、子に逢いてェと思ったからだろ？　それなのに、武蔵に逢わせねえのは、人としてどうかと思ってよ……。それを、ももんじ店の大家は気にしてるってわけでよ」

「小平太さんの立場にすれば、それはそうかもしれません。けれども、武坊《たけぼう》のことを考えてみて下さいな。あの子の中では、既に父親《てておや》は死んだのも同然……。それなのに、現在《いま》、死にかけた父親《てておや》に逢わせ、心に負った疵をわざわざ抉《えぐ》ることはないと思いますが、おりきさん、違うでしょうか？」

　貞乃がおりきを瞠める。

「わたくしもそう思います。それに、逢わせたところで、小平太さんはもう意識がないのでしょう？　それなのに逢わせるということは、せっかく忘れかけていた父親《てておや》の記憶を呼び覚まさせ、武坊の疵に止《とど》めを刺すようなもの……。わたくしはこのままそっとしておくほうがよいように思います」

　おりきがそう言うと、亀蔵は納得したように頷いた。

「やっぱ、そうよな？　いや、俺もそう思ってたのよ。だがよ、どうしたものかと大家に相談され、俺の一存で決めちまうのはどうかと思ってよ……。それで相談してみたんだが、この脚で関藤さまの診療所に引き返《けえ》し、大家におりきさんたちの気持を伝えてくらァ」

　亀蔵がそう言ったときである。

　中庭のほうから、利助が息せき切って裏庭へと駆け込んで来た。

「親分、ああ、やっぱ、ここにいなさったか……」

　利助は余程《よほど》慌てて駆けて来たらしく、余寒《よかん》の中、月代《さかやき》や額に玉の汗を浮かべていた。

「どうしてェ、利助。おっ、小平太の奴、駄目だったのか！」

亀蔵が思わず大声を上げる。

「へい。親分が診療所を出て半刻《はんとき》（一時間）後……。それで、大家がこうなったからには、今更、坊主を連れて来てもしょうがねえ、寧ろ、枯れ木のように無惨《むざん》な姿となった父親《ておや》の姿を見せねえほうがいいんじゃなかろうかと言いなすって……。それで、行き違《ちげ》ェになっちゃいけねえと思い、韋駄天《いだてん》走りに、まあ、駆けたのなんのって……」

利助はそう言うと、腰を折り、はァはァと喘《あえ》いだ。

そのとき、貞乃の袖《そで》がこちょこちょと揺すられた。

貞乃がはっと振り返る。

「武坊……。いつからそこにいたの？」

貞乃は慌てて腰を屈《かが》め、武蔵の顔を覗き込んだ。

「今、小平太って言ったよね？」

「…………」

「…………」

全員が息を呑《の》み、言葉を失った。

「小平太って、おいらのおとっつァんのことだろ？」

亀蔵が困じ果てた顔をして、おりきと貞乃を見比べる。

「…………」

おりきは意を決した。

こうなれば、もう隠すわけにはいかないだろう。

「いいこと、武坊。落ち着いて聞いて下さいね。お父さまね……」

おりきが屈み込み、武蔵の目を瞠める。

「死んだんだろう？」

「えっ……」

「おめえ、一体《いってえ》、誰にそれを……」

おりきと亀蔵が顔を見合わせる。

「誰にも聞かねえ……。けど、おいら、いつか知らせが来ると思ってた……。いつ来たっていいんだ。おいらのおとっつァんはもうとっくの昔に死んでるんだもの……。だから、いつ来たって驚かねえ。哀しくもねえ……」

武蔵は平然とした顔で答えた。

「けど、おめえのおとっつァんは今さっき死んだばかりなんだぜ……。それも、おっかさんやおめえたちに逢いてェと裏店まで戻って来て、路次口で倒れてたんだからよ」

亀蔵がそう言うと、おりきと貞乃が声を合わせて、親分！　と叫んだ。

「おっ、済まねえ……。つい、つるりと出ちまってよ」

おりきは覚悟した。

こうなれば、もう本当のことを言わざるを得ないだろう。

「武坊、親分がおっしゃったことは本当のことなのですよ。お父さまね、随分と身体が弱っておいででしたの。それでも、死ぬ前に、ひと目、お母さまや武坊たちに逢って詫《わ》びを言いたいと、這うようにしてももんじ店まで戻って来て、遂に、路次口で身動きが取れなくなってしまったそうですの……。それが昨日のことで、お父さまはすぐに近くの診療所に運ばれたそうですが、わたくしたちが武坊にこのことを伝えるべきかどうか迷っている最中《さなか》、息絶《いきた》えてしまわれたそうです」

武蔵は動じることなく、身じろぎもせずに耳を傾けていた。

「それでよ、ももんじ店の大家が裏店の連中に声をかけ、通夜《つや》、野辺送りをしてくれるそうだ……。本来ならば、おめえが息子として葬儀を仕切らなきゃならねえが、おめえはまだ餓鬼だ……。しかも、おめえたち母子《おやこ》を捨てて逃げた酷《ひで》ェ父親《ておや》でもあるし、この際、おめえにはおとっつァんが死んだことを伏せておいたほうがよいのじゃねえかと、皆して、そう話し合ってたんだよ……」

「親分がおっしゃるとおりでしてね。武坊、お父さまに逢いたいですか？」

貞乃が訊ねる。

「逢いたくねえ！」

武蔵は間髪《かんはつ》を容《い》れずに答えた。

おりきと亀蔵が肩息《かたいき》を吐く。

聞くまでもなく、答えは解っていたように思えたのである。

が、武蔵は続けた。

「逢いたくねえけど、手を合わせてやってもいいよ」

「武坊、それはどういうことなのですか？　お父さまの通夜や野辺送りに参列するということなのですか？」

おりきが目を瞬くと、武蔵はこくりと頷いた。

「だって、おっかさんがいねえんだもの、おいらがそうするのが当然だろ？　おいら、おとっつァんみてェに逃げ出したくねえんだ！　何があっても、ちゃんと受け止める……。それが男ってもんだもの！　おいら、悔しいから尚《なお》のこと、おとっつァんに本物の男の姿を見せてやりてェんだ……」

「武坊！」

「武坊、おまえって子は……」

おりきと貞乃が込み上げる涙を堪《こら》え、武蔵をぐいと引き寄せる。

これが、九歳になったばかりの子が言う言葉であろうか……。

そこまで武蔵を成長させたのは、幼いながらも、母や妹を護らなければ、という重責《じゆう》を無意識のうちに背負わされていたからにほかならない。

だとすれば、武蔵は家長《かちよう》として父親《てておや》を弔《とむら》い、そこから初めて、九歳という年相応《としそうおう》の子の心に戻れるのかもしれない。

「解りました。貞乃さま、わたくしは旅籠《はたご》があるので芝口まで出掛けることが出来ませんが、今宵の通夜、明日の野辺送りと、武坊につき添《そ》ってやって下さいませんか？　あすなろ園の子供たちの世話は榛名《はるな》さんだけでは手が足《た》りないでしょうから、さつきに手伝わせることにします。お願いしても宜しいかしら？」

おりきが貞乃の目を瞠める。

「解りました。お委せ下さいませ」

少し離れた場所から息を殺して成行《なりゆき》を眺《なが》めていた子供たちが、恐《おそ》る恐る武蔵の傍に寄って来る。

「武坊、おとっつァんが死んだんだって？」

「おいら、武坊のおとっつァんはずっと前《めえ》に死んだと思ってた……」

「じゃ、これで、本当に武坊も孤児《みなしご》になったんだね？　あたしたちと一緒だ！」

「大丈夫だからね。仲間がこんなにいるんだもの、武坊、あたしたちがついているからね！」

子供たちが口々に言う。

武蔵はうんうんと頷いた。

気のせいか、武蔵の目で涙がきらと光ったように思えた。

「あっ、雪だ！」

おさよが黄色い声を上げる。

見ると、白い花弁《はなびら》のような牡《ぼ》丹雪《たんゆき》が、ふわりふわりと舞い下りているではないか……。

花弁よりも儚《はかな》く、まるで過ぎ去ろうとする冬への郷愁《きょうしゅう》でもあるかのように、舞い下りては地面ですっと消えていく、春の雪……。

おりきはそこに、ものの憐《あわ》れを見たように思った。

春疾風

「あっ、お帰《けえ》りやす！　それで、どうでやした？」

煮方《にかた》の連次《れんじ》が魚河岸《うおがし》から戻って来た巳之吉《みのきち》に声をかける。

「…………」

巳之吉はそれには答えず、板脇《いたわき》の市造《いちぞう》に顎《あご》をしゃくってみせた。

朝餉膳《あさげぜん》の仕度《したく》をしていた市造が、追廻《おいまわし》の政太《せいた》にあとを委《まか》せて巳之吉の傍《そば》に寄って行く。

「やっぱ、駄目でやしたか？」

市造が鮮魚箱《せんぎょばこ》を担《かつ》いだ追廻の久米吉《くめきち》にちらと目をやり、巳之吉に訊《たず》ねる。

「ああ、昨日の春疾風《はるはやて》はかなり酷《ひど》かったみてェで、海とんぼ（漁師）の奴らが漁に出るのを見合わせたらしくてよ……。しかも、押送船《おしおくりぶね》は近くの湊《みなと》に停泊《ていはく》したまま身動きが取れなかったみてェで、今朝の魚河岸には閑古鳥《かんこどり》が鳴いてる始末でよ……」

巳之吉が蕗味噌《ふきみそ》を嘗《な》めたような顔をしてそう言うと、仕入れの供《とも》をした福治《ふくじ》も顔を顰《しか》める。

「そうなんでやすよ……。しょうがねえんでやっちゃ場でいつもの倍も青物を仕入れてきたんでやすがね」

「そうは言っても、青物だけでは恰好《かつこう》がつかねえ……。市《いち》、常備菜《じようびさい》には何がある？」

巳之吉が市造を瞠《みつ》める。

「へっ、牡蠣《かき》の味噌漬《みそづけ》、鮭《さけ》の燻製《くんせい》、鰆《さわら》の糠漬《ぬかづけ》、御神酒烏賊《おみきいか》、明太子《めんたいこ》、帆立《ほたし》の油漬《あぶらづけ》といったところでやすかね……」

「それに、昨日仕込んだ平目《ひらめ》の昆布締《こぶじ》めか……。よし、それらを要所要所《ようしよ》に入れ込み、あとは筍《たけのこ》料理、春の摘草《つみくさ》料理といこうじゃねえか！」

さすがは巳之吉……。

味覚障害に陥《おち》った市造に取って代わり、現在《いま》では連次が板脇の座を務《つと》めているかにみえても、そこはちゃんと、市造を立てることを忘れない。

すると、連次がまるで存在を主張するかのようにさっと割って入ってきた。

「板頭《いたがしら》、笹鰈《ささがれい》の風干《かざぼ》しがあるのを忘れちゃいけやせんぜ！」

どうやら、連次は巳之吉が自分を差し置いて市造に、今宵《こよい》の夕餉膳《ゆうげぜん》に使えそうな常備菜には何がある、と訊ねたことが面白《おもしろ》くなかったとみえる。

「笹鰈？　あれは小ぶりで夕餉膳には使えねえ……。おめえ、朝餉膳《あさげぜん》に使うと言ってたんじゃなかったか？」

　巳之吉がぞん気に答えると、連次は、へえ、そりゃそうなんでやすがね……、と潮《しお》垂《た》れた。

　すると、福治が機転《きてん》を利《き》かせ、青物や筍の入った籠《かご》を高々と掲《かか》げてみせる。

「大丈夫《でえじょうぶ》でやす！　ほら、朝掘《あさぼ》り筍が手に入《へえ》りやしたし、蕨《わらび》、虎杖《いたどり》、蕗の薹《とう》、こごみ、山独活《やまうど》、楤《たら》の芽といった山菜は盛り沢山でやすからね」

「おお……、じゃ、早速《さっそく》、下拵《したごしら》えしなきゃな。政太、昇平《しょうへい》、京次《きょうじ》、おめえたちの仕事が出来たぜ！　義平《ぎへい》から要領《ようりょう》を教えてもらい、さっさと仕事にかかんな！」

　市造が追廻たちを見廻《みまわ》す。

　その中には、今年十八歳になった卓也《たくや》の顔も見受けられた。

　卓也は勇次《ゆうじ》やおせん同様に、地震で親兄弟を失いあすなろ園に引き取られたのだが、板前になることを志《こころざ》してからは、此《こ》の中《じゅう》、茶屋の二階で他の店衆《たなし》と寝食《しんしょく》を共にするようになっている。

　こうして、あすなろ園の子供たちも一人ずつ巣立ちしていくのであろうが、さて、餓鬼大将《がきだいしょう》で利かん坊の勇次は一体何を目指しているのやら……。

　年が明け、十四歳になった勇次はそろそろ先行《さきゆき》のことを考えなければならないのだが、当の本人は一体何を考えているのか……。

「おっ、皆、こっちに集まれ！　筍の下拵えや蕨の灰汁《あく》抜きのやり方を教えてやるからよ」

　義平が板場の隅《すみ》に追廻たちを呼び寄せる。

　義平は京次より後に追廻として立場《たてば》茶屋《ちゃや》おりきの板場に入ったが、何をやらせても鈍臭《どんくさ》い京次と違い、一を聞いて十を知るその才が買われ、現在《いま》では焼方《やきかた》に昇進していた。

　昨年の秋、亡くなった茶屋の女中頭《じょちゅうがしら》およねの息子福治が焼方に昇進したので、現在《いま》は福治と二人で焼方を務めているが、目端《めはし》の利く義平は決して先輩風を吹かすことなく、立場茶屋おりきに来るまで流しの板前をしていた福治を立てることを忘れなかった。

　それで板場が甘《うま》く廻《まわ》っているのだが、難を言えば、連次が兄弟子の市造を差し置いて板脇面《いたわきづら》をしたがることだろうか……。

　が、これも巳之吉が目を光らせているせいか、さして大きな問題にならずに済んでいるのだった。

「じゃ、俺はお品書《しながき》を書いてくるからよ。おっ、連次、竹籠《たけかご》の用意をしておいてくんな」


巳之吉はそう言い置いて、使用人部屋となった二階家へと戻って行った。

二階家は、地震で倒壊した善助《ぜんすけ》の小屋の跡地《あとち》に建てられている。

一階に六畳間が二つと四畳半が二つに、三畳ほどの厨《くりや》に厠《かわや》……。

そして二階に六畳間が三つに四畳半が一つといった間取りで、一階の六畳の一つを大番頭の達吉《たつきち》が使い、もう一つの六畳間にとめ婆《ばあ》さんとさつきが入り、女中頭のおうめとおきちが四畳半を一部屋ずつ使っている。

そして、二階……。

二階の六畳間が巳之吉に与えられ、もう一つの六畳間に下足番《げそくばん》の吾平《ごへい》と末吉《すえきち》が入り、もう一つに板脇の市造が、そして四畳半に番頭見習の潤三《じゅんぞう》がと……。

他の店衆は茶屋の二階の大部屋である。

とめ婆さんとさつきが同室なのは、当初はとめ婆さんに与えられた部屋に、後からさつきが入って来たからである。

よくも、あの拗《す》ね者のとめ婆さんがさつきと同室なのを我慢《がまん》していられるものよと誰もが思うが、とめ婆さんにしてみれば、自《みず》ら出向いて浅草東仲町《あさくさひがしなかちょう》の水茶屋《みずぢゃや》に売られていったさつきを連れ戻し、洗濯女の後継者《こうけいしゃ》に育てようと思ったのであるから、文句は言えない。

が、とめ婆さんがさつきを傍に置いたのは、まことに以《もっ》て正鵠《せいこく》を射《い》ていた。

と言うのは、七十路《ななそじ》近くのとめ婆さんが、此の中、頓《しみ》に疲れやすくなったからである。

思うに、一昨年《おととし》の夏頃より、その傾向《けいこう》は見られた。

一昨年の夏のことである。

それまで病《やまい》らしき病をしたことのないとめ婆さんが腰を痛め、身動きすることが出来なくなったのである。

患部に痙攣《けいれん》が走り、呼吸ひとつするにしてもびんびんと腰に響《ひび》くとあって、急遽《きゅうきょ》、とめ婆さんは内藤素庵《ないとうそあん》の許《もと》に運ばれた。

素庵の診立《みた》ては、急性腰痛捻挫《きゅうせいようつうねんざ》、つまり、ぎっくり腰……。

要するに、七十路近くの身体《からだ》で旅籠《はたご》の洗濯物を一手《いって》に引き受けるのが無理になったということで、急遽、洗濯女をもう一人雇《やと》い入れるということになったのだが、とめ婆さんにはそれが気に入らなかった。

そのせいか、新規《しんき》に洗濯女として入って来る女《おな》ごをいびることといびること……。

「弱りやしたぜ、女将《おかみ》さん……」

達吉は困《こう》じ果てた顔をして、おりきに救いを求めてきた。

「昨日雇ったばかりのおときって女ごが、もう辞《や》めさせてくれと……。これで三人目だ。どの女ごも二日と続かねえんじゃ、おてちんでェ！　まったく、とめ婆さんときたら、まるで天敵《てんてき》でも睨《にら》みつけるような目をして、洗濯女のすること為《な》すことにいちいちけちをつけてよ……。汚れが落ちてねえ、糊《のり》のつけ方がどうのと洗濯に関することだけならまだしも、愚図《ぐず》だの間抜《まぬ》けだの、ででふく（醜女《しこめ》）だのと悪態《あくたい》の吐《つ》き放題《ほうでえ》で、あれじゃ、誰だって逃げ出したくなりやすよ。女将さん、なんとか言ってやって下せえよ」

達吉はそう泣き言を言った。

それで、おりきはとめ婆さんを帳場に呼んだのであるが、とめ婆さんは一向《いっこう》に悪びれた様子もなく、

「あたしが新しく雇った女ごを次々にいびり出すとでも大番頭さんから言われたんでしょう？　あたしだって、別にいびりたくていびったわけじゃないんだ！　ただ、使い物にならないから、鳴り立てただけでさ……。あいつら、あちこちの見世《みせ》を転々としてきて、口先と要領はいいが、仕事はからきしでさァ……。女将さんだって、ろくすっぽう仕事も出来ない女ごに金を払いたくないでしょうが！　第一、あたしは間違

ったことを言っちゃいないんだ。正しいことを言われて辛抱《しんぼう》できないような女ごは、とっとと出て行けばいいんだよ。どうせ、あいつら、すぐに次の見世に行くんだろうからさ。そりゃね、あたしが口の悪いのは認めますよ。けどさ、あたしにちょいと言われたからってすぐに逃げ出すようじゃ、根性《こんじょう》が入っていないってことでさ。そんな女ごにいてもらっても困るんだ！」

と言ってのけたのである。

そして達吉が、それなら何故《なぜ》、うちの女衆《おなごし》が助《す》けるのには文句を言わないのか、と訊ねると、とめ婆さんは、ふン、と鼻で嗤《わら》った。

「そりゃ、あいつらは立場茶屋おりきの家族だからさ。家族は助け合い、支え合って生きている……。それが女将さんの口癖《くちぐせ》だからね。事実、あたしが腰を痛め、本来なら自分の仕事ではないことをあいつらは助《す》けてくれてるんだ。文句を言うどころか、感謝しなくてはならないからさ。けど、新しく来た女ごたちは違う！　ここが駄目なら次の見世にといった連中ばかりで、一所《ひとところ》に腰が落着かない……。そんなのは家族じゃないからね。だから、あたしは言いたいことを言わせてもらったんだ。それのどこが悪い？」

「とめさんの言っていることはよく解《わか》りました。けれども、二十六夜《にいざよい》が迫《せま》っています。

そうなると、女中たちは応接に暇《いとま》がないほどの忙しさとなり、とめさんを助《す》けるわけにはいかなくなります。それに、新しく女《ひと》を育てるということも考えなければなりません。新規に雇った女《ひと》をもう少し長い目で見てやるわけにはいきませんか？　とめさんが追い出した女ごの中に、もしかすると、先々よい洗濯女になる女《ひと》がいたかもしれないのですよ」

おりきがそう言うと、とめ婆さんは、はン、と鼻でせせら笑った。

「いるもんか！　女将さん、あたしが何年遊里で生きてきたと思います？　飯盛女《めしもりおんな》だった頃はともかくとして、遣手《やりて》となってからは人を見る目だけは肥《こ》えてきたからね。これまでやって来た女ごの中に、根性の据《す》わった女ごは一人もいなかった……。あいつらは決して立場茶屋おりきの家族にはなれないんだよ！　女将さんは洗濯女は客の前に出すのじゃないから、身体さえ丈夫なら誰にでもやれると思ってるんだろう？　だから、女中や茶立女《ちゃたておんな》を雇うときには直接逢《あ》って品定《しなさだ》めをするくせして、洗濯女には逢おうともしない！　それで判《わか》らないいんだろうが、根性が据わっていて、洗濯することに意義を感じるような女ごでないと務まらないんだよ」

ああ……、とおりきは目から鱗《うろこ》が落ちたような想《おも》いであった。

これほどまで、とめ婆さんが洗濯女としての矜持《きょうじ》を持っていたとは……。

おりきは汗顔《かんがん》の至《いた》りであったのだが、そのとめ婆さんが、新規に洗濯女を雇うのなら心当たりがある、と言い出したのには驚かされた。

以前、あすなろ園で子守をしていたさつきを連れ戻し、洗濯女として育てたいと言うのである。

おりきは驚いた。

昨年の春、長患《ながわずら》いだった父親《てておや》が亡くなり、さつきは継母《ままはは》から給金の高い水茶屋に移るようにと言われ、渋々《しぶしぶ》あすなろ園から去って行ったのであるが、何ゆえ、そんなことを……。

が、とめ婆さんはさつきは奉公に出たのではなく、二十両で女衒《ぜげん》に売られていったのだと言った。

「何故、それをとめさんが知っているのですか？」

おりきは訊ねた。

「あたしが物干し場で敷布《しきふ》を干《ほ》していると、さつきのおっかさんがやって来てさ。裏庭にさつきを呼び出し、おとっつァんの溜《た》まった薬料《やくりょう》（治療費）を払わなきゃならないし、網元《あみもと》から借りていた舟の修理代も払わなきゃならない、おまえが身売りしてくれないことには家族が立行《たちいき》していけない、おまえは姉弟《きょうだい》の中では年嵩《としかさ》なんだから家族のために犠牲になってくれなきゃ困る……、とそう説得してるじゃないか！　さつきはそれでも嫌《いや》がってたよ。そうしたら、なんと、おっかさんが遂《つい》に殺し文句を吐《は》いてさ。おまえも知っているだろうが、おまえはおとっつァんが余所《よそ》の女ごに生ませた娘で、おまえを産《う》んですぐにその女ごが死んだというから可哀相《かわいそう》に思って引き取り今日まで育ててきたが、長患いの末、おとっつァんが死んじまったんだから、今後はおまえがあたしや弟たちに恩を返す番じゃないかって……。まあ、そんなことを言ってさ。さつきには返す言葉がなかったよ。あたしは敷布の蔭《かげ》に隠れてその話を聞いていたんだが、余計《よけい》な差出《さしで》をしても仕方がない……、人には生まれ持った宿命《さだめ》というものがあるからさ。このあたしだって、元はといえば水呑百姓《みずのみびゃくしょう》の娘……。家族を助《す》けるために女衒に売り飛ばされたのが、十二歳のときだからね。だから、可哀相だが、さつきもその宿命《さだめ》には逆《さか》らえないだろうと思ってたんだよ。けどさ、此の中、さつきのことが頭から離れなくてさ……。あたしは元々負けん気が強かったが、人前に出るのを苦手《にがて》としたあの口重《くちおも》なさつきに、てめえの身体を金に換《か》えるような立行が出来るだろうかと思ってさ……。あの娘《こ》はさァ、ここにいる頃から、子供たちに接しているときが一番幸せだと言ってたんだよ。時折、手が空《す》いたら、あたしの洗濯を手伝ってくれてさ。そのとき、言ってたよ……。子供たちが相手だと素直に心を通わせることが出来るが、大人が相手だとそうはいかないって……。そう、洗濯も好きだと言ってね。心を込めれば込めるほど綺麗《きれい》に汚れが落ちていき、お客さまが悦《よろこ》んでくれると思うと、こんな小さな縁の下の力持ちのような仕事でもやり甲斐《がい》があるって……。さつきはそんな娘《こ》なんだよ。あたしは遊里に身を置いた女ごだけに、さつきのことを思うとこのままにしていてはいけないと思えてきてさ……。女将さん、さつきを捜《さが》し出して下さい！　あの娘《こ》をここに連れ戻して下さいませんか？　さつきの身の代《しろ》はあたしが出します。だから、是非《ぜひ》……」

とめ婆さんはそう言い、おりきに縋《すが》るような目を向けたのである。

おりきは沼田屋《ぬまたや》の手代が浅草東仲町でさつきらしき女ごを見掛けたという話を思い出した。

とめ婆さんはおりきからその話を聞くと、明日にでも東仲町までさつきを捜しに行くと言い張った。

それで、おりきは亀蔵も同行するのならと了承したのである。

さつきは蔦竜《つたりゅう》という裏茶屋《うらぢゃや》で、菖蒲《あやめ》と名を替《か》え、客を取らされていた。

が、とめ婆さんは堂にいったもので、伊達《だて》に永年《ながねん》遣手をやっていたわけではないとばかりに蔦竜の御亭《ごてい》と渡引《わたりひき》をし、きっちり二十両で話をつけてさつきを身請《みうけ》してきたのである。

さつきはとめ婆さんが二十両払ってくれたと聞き、恐縮して頭を下げた。

「胸が一杯で……。とめさんがあたしのためにここまでして下さっても、あたしには何も返すことが出来ない……。蔦竜でも穀潰《ごくつぶし》だの木偶《でく》の坊《ぼう》と誹《そし》られ、邪魔者《じゃまもの》扱いにされました。あたしは人前に出るのが恥ずかしいほどのでで、ふくだし、なんの才能もないんです。せいぜい、子供たちの世話をすることしか出来ないあたしが、これから先、とめさんのために何が出来るだろうかと思うと、申し訳なくて……」

「莫迦《ばか》なことを言うもんじゃない！　あたしはおまえに何かしてほしくて救い出したんじゃないんだ。実はさ、一年前、おまえが裏庭でおっかさんから身売りを迫られていたとき、あたしはすぐ傍にいてさ。洗濯物を干していてたまたま耳に入ったんだが、あのとき、あたしは他人事《ひとごと》のように聞き流し、何もしようとしなかった……。けどさ、あたしは永《なが》いこと海千山千《うみせんやません》の世界に身を置いてきたからね。さつきがこの世界で生きていけるわけがないと、あれからずっと、おまえのことが気懸《きが》かりでならなかったのさ……。何故、あのとき、薬料やおとっつァんが遺《のこ》した借金をあたしが肩代《かたが》わりしてやるから、おまえを女衒の手に委《ゆだ》ねるんじゃないと言い出せなかったのかと悔《く》やまれてならなくてさ。それにさ、少し前に、あたしが腰を痛めちまってさ……。旅籠の女衆に随伴《ずいはん》と迷惑をかけちまい、女将さんからも新《あら》たに洗濯女を雇おうかって話が出たんだよ。早い話、あたしは洗濯女としてあまり先が永くないってことでさ。幸い、腰のほうは大したことなく、再び仕事に復帰することが出来たんだが、そろそろ後継者を育てなくては先が続かない……。それで、流しの雇人《やといど》（臨時雇い）を雇うより、この際、さつきを呼び戻し、洗濯女として育てたいと申し出たんだよ」

「あたしがとめさんの後継者に……」

「だって、おまえ、言ってたじゃないか。自分は口下手《くちべた》で人前に出ることは苦手だが、子供たちが相手だと素直に心を通わせることが出来るって……。確か、洗濯も好きだと言ってたよね？　心を込めれば込めるほど綺麗に汚れが落ちるし、お客さんが悦んでくれると思うと、こんな小さな縁の下の力持ちのような仕事でもやり甲斐があるって……。その言葉を聞いて、あたしがどれだけ嬉《うれ》しかったか！　あたしの想いをこんなにも解ってくれているのだと思うと、後継者はおまえしかいないと思ってさ。それにさ、現在《いま》、あすなろ園には貞乃《さだの》さまの他に、榛名《はるな》さんや茶屋の板頭の女房キヲさんがいてくれてね。子供たちの世話は三人でやってくれているんだよ。だから、おまえは今後あたしの下で洗濯女として生きていけばいいんだよ。そうだ、二階家のあたしの部屋であたしと一緒に寝泊まりすることにしようよ！　以前、おまえは猟師町《りょうしまち》の家から通って来ていたが、あのおっかさんとはもう縁が切れ、これからはそういうわけにはいかなくなったんだ……。それに、あたしはといえば相変わらず口は達者《たっしゃ》だが、なんせ、歳《とし》が歳だしさ。さつきが傍にいてくれると心強いんだよ」

とめ婆さんとさつきの間でそんな会話が交《か》わされ、以来、さつきはとめ婆さんの弟子となり、寝食を共にするようになったのである。

ところがそのとめ婆さんが、巳之吉が洗濯場の傍を通りかかると、鏝台《こてだい》にもたれかかり、ぼんやりと裏庭を眺《なが》めているではないか……。

眺めているというより、とめ婆さんには何も見えていなかったのかもしれない。それほど、とめ婆さんの目は虚《うつ》ろで、心ここにあらずのように見えた。

「とめさん、何してるんでェ！」

巳之吉が声をかけると、とめ婆さんはハッと我に返り、視線を彷徨《さまよ》わせた。

「驚いたァ……。なんだ、板頭じゃないかえ。肝《きも》が縮《ちぢ》み上がるから驚かさないでおくれよ！」

とめ婆さんが憎体《にくてい》に言う。

が、巳之吉は、おやっと思った。

心なしか、その声にいつもの張りがないように思えたのである。

常ならここで、朝の糞忙《くそいそが》しい最中《さなか》、板頭がこんなところを彷徨《うろつ》いていてよいのか、さっさと仕事をしな！　と嫌味《いやみ》のひとつも言ってよさそうなものを、とめ婆さんはそれっきり口を閉じてしまい、再び、見るとはなしに裏庭へと目を戻した。

巳之吉は訝《いぶか》しそうに首を傾《かし》げ、肩を竦《すく》めると、二階家へと入って行った。


巳之吉がお品書を手に帳場に入って行くと、台帳《だいちょう》に目を通していた大番頭の達吉が、鼻眼鏡《はなめがね》を指で押し上げ、声をかけてきた。

「昨日の時化《しけ》で、魚が手に入《へえ》らなかったんだってな？」

おりきも心配そうに巳之吉を見る。

「ええ……。それで考えやしたが、今宵の夕餉膳は春野菜を前面に出して、魚介《ぎょかい》は常備菜を工夫《くふう》して使おうかと……」

巳之吉が長火鉢《ながひばち》の傍に寄って行く。

「あっ、春野菜をね……。たまにはそれもいいかもしれねえ」

達吉が仕こなし顔に頷《うなず》く。

「これでやすが……」

巳之吉がお品書を広げてみせる。

「摘草料理と銘打《めいう》って、八寸《はっすん》に手つき竹籠を使いやす……。竹籠の中には筍の木の芽和《あ》え、空豆《そらまめ》の塩茹《しおゆ》で、蕨の白和《しらあ》え、筍、豆腐《とうふ》、蒟蒻《こんにゃく》の三種田楽《さんしゅでんがく》、味噌ダレも三種……。それに、御神酒烏賊、牡蠣の味噌漬焼、菜の花の辛子《からし》和《あ》えを彩《いろど》りよく配しやす。そして、向付《むこうづけ》の造《つく》りが平目の昆布締め、若竹《わかたけ》のこ造り……。朝掘りでやすから、充分刺《さし》身《み》で食せやす。続いて椀物《わんもの》が若竹と若布《わかめ》の清《す》まし汁。焼物《やきもの》が若竹焼き……。これは鹿《かの》子目《こめ》を入れて下味《したあじ》をつけた筍に串を打って素焼《すやき》し、更《さら》に醬油《しょうゆ》だれを数回つけて焼き、焦《こ》げ目がついたら竹皮に包み、再び火で焙《あぶ》る……。こうすると、焼き筍の芳《こう》ばしさが出やすいんで、皮ごと竹籠に入れて、上に刻《きざ》んだ木の芽を散らしやす。そして、炊《た》き合わせが、蕗と筍、蕨、飛竜頭《ひりょうず》……。揚物《あげもの》が若菜《わかな》揚《あげ》で、楤の芽、こごみ、蕗の薹、虎杖、蓬《よもぎ》、そして彩りに石楠花《しゃくなげ》の花……。箸休《はしやす》めに鮭の燻製と筍、若布の博多押《はかたお》し……。と、ここまで山菜と常備菜ばかりとあって物足りねえ客のために、今宵は鶏《とり》と蕨の一《ひと》人《り》鍋《なべ》をと思ってやす……」

「鶏と蕨の一人鍋とは？」

おりきが首を傾げる。

「小ぶりの土鍋《どなべ》に鶏肉《とりにく》と蕨、花山椒《はなざんしょう》を盛り、出汁《だし》に醤油、味醂《みりん》で味つけした煮汁《にじる》を注《そそ》いで火にかけやすが、これはどちらかと言えば蕨が主役で、鶏肉は蕨を引き立たせる脇役と思っても構いやせん……。シャキシャキとした蕨の歯応《はごた》えが小気味《こきみ》よく、鶏肉に染《し》み込んだ山椒の香りが食欲を掻《か》き立てやす……」

巳之吉がそう答えると、おりきが目を細める。

「説明を聞いただけでも美味《おい》しそうですこと！　それで、留椀《とめわん》が揚豆腐《あげどうふ》と焼葱《やきねぎ》なのですね？　成程《なるほど》、豆腐を揚《あ》げることでコクを出し、葱を焼くことで芳ばしさを出すわけなのですね」

「へい。締めは筍ご飯と思いやしたが、今宵は活魚《いきうお》をお出しすることが出来ねえもんで、ちらし寿司《ずし》にしやした。煮物用《にものよう》の椀に山菜のたっぷり入《へえ》ったちらし寿司を入れ、上に錦糸《きんし》玉子《たまご》、木の芽、紅生姜《べにしょうが》で飾りを……。海老《えび》や穴子《あなご》があればよかったんだろうが、そうもいかねえもんで……。如何《いかが》でしょう。これじゃ、物足りねえでしょうか？」

巳之吉が不安げな眼差《まなざ》しで、おりきを窺《うかが》う。

「なんの、物足りねえなんて！　ねっ、女将さん？」

達吉がおりきに目まじする。

「ええ、確かに、活きの魚がなくて物足りないように思えますが、鶏と蕨の一人鍋もあれば、若菜揚もあるのですもの、これで充分かと……」

おりきがそう答えると、巳之吉がほっと眉《まゆ》を開き、ふうと息を吐く。

「そう言ってもらえると助かりやした。けど、見事といってよいほど魚河岸に魚がねえとは……。こんなことは、あっしがここの板場に入《へえ》って初めてのことで、魚河岸から戻って来る道中、一体《いってえ》どうしたものかと頭を悩ませてやしてね」

「確かに、夕《ゆん》べはよく荒れたもんな……。毎年、この時季には春疾風に見舞われるが、夕《ゆん》べみてェなことはなかったもんな。あれじゃ、海とんぼもおてちんだっただろうさ」

達吉が苦虫《にがむし》を嚙《か》み潰《つぶ》したような顔をする。

「ところが、海とんぼの中に、あの荒れた海の中、舟を漕《こ》ぎ出していった者がいるとかで……。魚河岸じゃ、あれは自殺行為に等《ひと》しいと……」

巳之吉がそう言うと、達吉が目をまじくじさせる。

「まさか……。そんな藤四郎《とうしろう》がいるとはよ。一体《いってえ》、誰でぇ、その抜作《ぬけさく》は！」

巳之吉が慌てて首を振る。

「いや、あっしは聞いちゃいやせん……。まっ、聞いたところで海とんぼの名前《なめえ》なんて判りやせんがね」

「才造《さいぞう》さんは人丈夫でしょうね」

おりきが気遣《きづか》わしそうに言う。

「才造？　おみのの兄貴でやすか？　大丈夫《でえじょうぶ》に決まってやすよ。五十路《いそじ》に手が届こうって歳になって、あいつがそんな莫迦をするはずがねえ！」

達吉がそう言うと、巳之吉がハッとおりきを見る。

「おみのの兄さんって、どこの津元《つもと》に属《ぞく》してやす？」

「えっ、ああ……。先《せん》には洲崎《すさき》の竜龍丸《たつりゅうまる》抱《かか》えの網子《あんご》でしたが、現在《いま》は安くべか舟を手に入れて自前の網子となっていますのよ」

巳之吉の顔がさっと曇《くも》る。

「どうかしましたか？」

「いや、それが……。名前《なめえ》までは判らねえんだが、魚河岸の男衆《おとこし》が言うには、嵐の海に舟を漕ぎ出したのはどうやら竜龍の網子のようで……」

「えっ……」

「…………」

おりきも達吉も息を吞《の》んだ。

「それで、その男《ひと》はどうなったのですか？」

おりきが身を乗り出す。

「詳《くわ》しくは聞いてねえんだが、八ツ（午後二時）頃出て行ったきり、朝になっても戻って来ねえとかで……」

おりきと達吉が顔を見合わせる。

「まさか、才造さんではないでしょうね？」

「まさか……。おっ、なんでェ、巳之吉、なんで名前《なめえ》を聞いてこなかったんだよ！」

達吉が気を苛《いら》ったように声を荒らげる。

「済んません……。そこまで気が廻らなくて……。おみのの兄さんが海とんぼということは知ってやしたが、まさか、竜龍の網子になっているとは知らなかったもんで……。現在《いま》からでも、誰かを魚河岸まで走らせやしょうか？」

巳之吉が困じ果てた顔をする。

「巳之吉のせいではありません。おまえはただそんな話を小耳に挟《はさ》んだというだけなのですもの……。大番頭さん、魚河岸まで行くことはありませんわ。末吉に洲崎まで走らせて下さい。竜龍の誰かに訊《き》くか、才造さんの住まいを訪ねるかすれば判ることですからね」

おりきが達吉に言う。

「あっ、さいですよね？　じゃ、早速、末吉を洲崎まで行かせやしょう」

達吉が立ち上がる。

「あっ、それから詳細《しょうさい》が判るまで、おみのにはこのことを伏せておいて下さいね。巳之吉も解りましたね？」

おりきが達吉と巳之吉に念を押す。

「へい」

「解りやした」

そうして、二人は帳場を出て行った。

何故かしら、とてつもない不安が、おりきの胸にじわじわと押し寄せてくる。

おきわの父親凡太《てておやぼんた》のことを思い出したのである。

現在《いま》から六年ほど前のことである。

あのときも午後になって雲行《くもゆ》きが一気に怪《あや》しくなり、野分《のわ》きを思わせる春疾風が品川宿に吹き荒れる中、凡太が洲崎沖で座礁《ざしょう》した船の乗員を助けようと、荒れ狂う海へと小舟を漕ぎ出したのだった。

荒海に小舟を漕ぎ出すなど、狂気の沙汰《さた》といってもよい。

しかも、凡太は少し前から食が進まなくなり、衰弱しかけていたのである。

おきわは何故父親《てておや》を海に出したのかと母のおたえを責めた。

「止めたさ。あたしゃ、必死で止めたよ。けど、おとっつァん、沖で助けを求めている者がいるというのに、体力が落ちたからって、ここで高みの見物ってか？　てんごう言ってんじゃねえや、あの中に、おきわみてェな娘っ子がいるかもしれねえんだぞ！　おいねみてェにめんこい餓鬼《がき》が助けを求めて泣いているとしたら、それでも、おめえは放っておけと言うのかよって……。あたしの言うことなんか耳を傾《かたむ》けてもくれなかった」

おたえはそう言いわっと泣き崩れた。

「舟を漕ぎ出すいよいよってときに、おとっつァんが呟《つぶや》いたんだよ。俺《おり》ャ、もう何があっても悔いはねえ。老《お》い先永くねえってときに、仮に、死ぬことになったとしても、他人《ひと》さまのためになれるんだ。これほど果報《かほう》なことがあろうかよって……」

その場にいたおりきはその言葉を聞いて、息を呑んだ。

まさか、凡太は死を覚悟して……。

敢《あ》えて死を望んだわけではないにしても、死んでも悔いはないと思ったのだとしたら……。

結句、凡太は二度と帰って来なかった。

凡太が助けた男が生きて浜に引き上げられたのがせめてもの救いであったが、凡太の遺体はその後も引き上げられることはなかったのである。

おりきは凡太は死んだのではなく、海に帰って行ったのだと思った。

海とんぼとしてはよい腕を持っていたが、不器用《ぶきよう》な生き方しかできず、口下手で鉄梃《かなてこ》だった凡太……。

胸を病《や》み余命幾《よめいいく》ばくもない彦次《ひこじ》の許におきわが嫁《とつ》ぐのを最後まで反対し、彦次の死後、やっと、おきわとの間の溝《みぞ》が埋《う》まりかけていた矢先《やさき》の死であった。

あのとき、おきわやおたえがどれだけ悲嘆《ひたん》に暮れたことか……。

海とんぼは常に死と背中合わせといっても、遺された者の哀《かな》しみは言語《げんご》に絶する。

まさか、才造さんが……。

おりきは居ても立ってもいられなくなり、仏壇に向かって手を合わせた。


半刻《はんとき》（一時間）ほどして、洲崎まで行った末吉が戻って来た。

「どうでした？　才造さんはいましたか？」

おりきの真剣《しんけん》な面差《おもざ》しを見て、末吉は今にも泣き出しそうな顔をして、首を振った。

「なんだって！　いなかったのか？　おめえ、津元には訊ねたんだろうな？」

達吉が甲張《かんば》った声で鳴り立てる。

「訊きやした……。けど、昨日から誰も才造さんの姿を見ていねえって……」

末吉が鼠鳴《ねずみな》きするように言う。

「姿を見てねえって……。じゃ、どこかに行ったのかもしれねえじゃねえか。急用が出来て出掛けたとか……」

「けど、それだと舟があるけど、舟も見えねえんだもの……。海に出たとしか考えられねえって……」

末吉はまるで自分が悪さをしたかのように項垂《うなだ》れた。

「…………」

「…………」

おりきも達吉も言葉を失った。

「それに……」

末吉が上目遣《うわめづか》いに達吉を見る。

「それに？　なんでェ、早く言いな」

再び、末吉が目を伏せる。

「これは海とんぼの一人が言ってたんだが、才造さん、猟師町のお登志《とし》って女ごに魚を届けたくて、それで時化の海に舟を漕ぎ出したんじゃなかろうかって……」

末吉が消え入りそうな声で言う。

「お登志？　誰でェ、そいつは……」

達吉に睨《ね》めつけられ、末吉が慌てて首を振る。

「知りやせん。おいら、詳しいことを訊きたかったんだけど、どうも、海とんぼってのは苦手で……。何か訊こうとすると、まるで邪魔者でも見るみてェにじろりと睨めつけられ、脚《あし》が竦んじまって……。済んません。糓《ごく》に立たなくて……」

末吉が潮垂れる。

「大番頭さん、末吉を責めても仕方がありません。どうやら、才造さんが舟もろとも姿を消したということだけは事実のようですね。

ここから先は大番頭さんに全権を委ねます。竜龍に行き、もう一度才造さんのことを聞き出して下さいませんか」

「解りやした」

達吉がそう言ったときである。

「入《へえ》るぜ！」

玄関側の障子《しょうじ》の外から声がかかった。

亀蔵《かめぞう》親分の声である。

「なんと、夕《ゆん》べの嵐は凄《すご》かったよな！」

亀蔵は対岸《たいがん》の火事でも見るような言い方をすると、おりきの傍までずかずかと寄って来て、どかりと胡座《あぐら》をかいた。

が、すぐに、おりきの顔が翳《かげ》っているのに気づき、えっと目を瞬《しばたた》く。

「どうした？　何かあったのか……」

おりきは辛《つら》そうに頷いた。

すると、達吉がさっと割って入る。

「女将さん、丁度《ちょうど》よかったじゃありやせんか！　親分に相談なさってはどうでやしょう。いえ、あっしが竜龍に行くのは吝《やぶさ》かじゃねえんだが、才造を竜龍に斡旋《あっせん》して下さったのは親分だし、ここは親分の口から竜龍に問い合わせてもらったほうがいいんじゃねえかと……」

「何、竜龍だと？　才造がどうしたって？　一体《いってえ》、何があったというんだよ」

亀蔵が小さな目を一杯に見開く。

「それが……。夕《ゆん》べの時化で、才造の舟が戻って来ねえそうで……」

達吉がそう言い、末吉にもう下がってよいぞと目まじする。

末吉は気後《きおく》れしたように、怖《お》ず怖ずと帳場から出て行った。

「時化の海に舟を漕ぎ出し、戻って来ねえだと？　てんごうを……。五歳の餓鬼だって、あの海に舟を漕ぎ出せばどうなるかってことくれェ知ってらァ！　何故また、才造はそんな莫迦なことを……」

「それがよく解らねえんで……。いえね、今朝、巳之吉が魚河岸で竜龍の網子が嵐の海に舟を漕ぎ出し、戻って来ねえようだと聞いてきたもんだから、突然、才造のことが気懸かりになり、末吉を竜龍まで走らせやしてね……。するてェと、案の定、才造も舟も姿が見えねえというじゃありやせんか……。しかも、末吉が聞いてきた話では、才造はお登志という女ごにどうしても魚を届けなきゃならねえと言っていたとか……」

「お登志？　誰でェ、その女ごは……」

亀蔵が怪訝《けげん》な顔をする。

「では、親分もご存知ねえと……。いえね、実はあっしらもそいつが判らねえもんだから、末吉に委せてはおけねえと、これからあっしが竜龍を訪ねてみるつもりでいたんでやすが……。だが、考えてみれば、これまで竜龍との渡引はすべて親分がなさってやしたからね。竜龍の親方と面識のねえあっしが行くより、ここは親分にお願いしたほうがよいのじゃねえかと……。ねっ、女将さんもそう思いやせんか？」

達吉が横目におりきを窺う。

「ええ、わたくしもそう思います。親分、申し訳ないのですが、ご足労《そくろう》願えないでしょうか」

亀蔵にもようやくほんの少し事情が解ったとみえ、大仰《おおぎょう》に頷いた。

「ああ、よいてや！　これまでのこともあるし、才造のこたァ、乗りかかった船……。なんだか今ひとつ理由《わけ》が解らねえんだが、委せてもらおうか。じゃ、この脚で洲崎まで行くことにするが、その前《めえ》に、おりきさん、茶を一杯《いっぺえ》くれねえか？　中食《ちゅうじき》に鯉《こい》のアラ煮を食ったんだが、そのせいか喉《のど》がからついちまってよ」

「申し訳ありません。気がつかなくて……」

おりきが茶の仕度《したく》を始める。

「そうか……、鯉か……。海が荒れても、鯉は関係ねえんだもんな」

達吉が納得したように呟く。

「おっ、するてェと、やっぱ、ここんちも魚が手に入《へえ》らなくて困ってたのかよ？　いや、八文屋《はちもんや》でもそうでよ。それで、鉄平《てっぺい》の奴、こうめがお産《さん》した際に鯉濃《こいこく》を飲ませていたのを思い出し、鯉を扱っている男から大量に仕入れてきたもんだから、今日の八文屋の惣菜《そうざい》は鯉尽くし……。まっ、あれもたまに食うから美味《うま》いんだが、何から何まで鯉尽くしとあっちゃ、反吐《へど》が出るってもんでよ……。それに、八文屋ならともかく、まさか、料理旅籠で鯉は出せねえよな？」

おりきはふっと頰《ほお》を弛《ゆる》め、猫板《ねこいた》の上に湯呑《ゆのみ》を置いた。

「今宵、うちは摘草料理なのですよ」

「摘草料理？　なんでェ、そいつァ……」

亀蔵がとほんとする。

「春の山菜を使って、里山《さとやま》を想わせる料理なのですがね。たまにはそれもよいかと思いまして……。と言っても、何から何まで山菜というのではなくて、常備菜にした魚介や鶏肉も使うのですけどね」

「ほう……。まっ、巳之《みの》さんのこった、食材がなんであれ、上手《うめ》ェこと板前料理に仕上げるんだろうがよ。おっと、ぼやぼやしていられねえや！　じゃ、行って来るからよ。そりゃそうと、おみのにこのことを話してるのか？」

亀蔵がおりきを瞠める。

「いえ、まだ何も……。詳細が判ってからでないと……。だってまだ、才造さんが本当に時化の海に出たのかどうか判らないのですもの……」

「そりゃそうよのっ。あい解《あ》った！　じゃ、行って来るからよ」

亀蔵が了解したと片手を挙げ、帳場を後にする。

おりきと達吉は顔を見合わせ、ふうと肩息《かたいき》を吐いた。


竜龍の親方弾五郎《だんごろう》は亀蔵が来ることが解っていたようで、亀蔵を見ると手招きをした。

「おっ、車町《くるまちよう》の親分、よいところに来なさった！　今、若い者に親分を呼びにやらせようと思ってたところなのよ」

囲炉裏《いろり》の横座《よこざ》（主人《あるじ》の坐《すわ》る場所）に坐った弾五郎は、胡座をかいた膝《ひざ》に頬杖《ほおづえ》を突き、苦《にが》りきった顔をして亀蔵を上目《うわめ》に見た。

亀蔵が客座《きやくぐざ》に坐る。

「じゃあやっぱり才造が……」

亀蔵はそう言うと、部屋の中を見廻した。

嬶座《かかざ》と呼ばれる場所に竜龍の宰領待造《さいりょうまちぞう》が坐り、その背後に五、六人の網子が坐っているが、そのどの顔もが重苦しいものに包まれていた。

「親分の耳にも入《へえ》りなすっただろうが、才造の猪牙助《ちょきすけ》が昨日海に出たまま戻って来ねえもんでよ……。俺たちゃ、そうは言っても、才造がどこかの島に辿《たど》り着いて嵐を遣《や》り過ごしてくれてるようにと祈るような想いでいたんだが、丸一日経《た》っても戻って来ねえ……。こうなると、難破《なんぱ》したと思わざるを得ねえからよ……。それで、親分に届け出たはうがいいのじゃなかろうかと、そう話していたところでやしてね」

待造が横目で弾五郎を窺いながら、亀蔵に説明する。

「あの莫迦が！　俺があれほど今日は一艘《いっそう》たりとも舟を出すんじゃねえと言い置いて出掛けたというのに……。あいつ、てめえだけはドジを踏まねえと、妙な自負《じふ》を持ってるもんだから始末に悪《わり》ィ！　周囲《まわり》の者が止めるのを振り切り海に舟を漕ぎ出したというのだからよ」

弾五郎が苦々《にがにが》しそうに吐き出す。

「いや、あっしや親方がいれば、才造が四の五の言おうと舟から引きずり下ろしていやしたよ。ところが、生憎《あいにく》、あっしも親方も昨日は出掛けなきゃならなくなり、こいつら三下《さんした》じゃ手に負《お》えなくて……。なんせ、才造はこいつらより歳上《としうえ》で、しかも島帰《しまげえ》りときて、それでこいつら、何かとびびっちまい才造の言いなり三宝《さんぼう》……」

待造が網子たちを睨め回す。

「済みやせん……」

「やっぱ、俺たちが悪かったんだ。皆で束《たば》になって、舟から引きずり下ろせばよかったんだ……」

「けど、才造さんが、こんな時化、屁《へ》ともねえ、三宅島《みやけじま》にいた頃は平気で漁に出てたんだ、と言うもんだから、あんまし強いことが言えなくてよ……。親方かあにさんがいてくれたら、少しは耳を傾けたんだろうが……」

「それに、何がなんでも魚を届けなくちゃならねえ、お登志という女ごにそう約束したんだから、と言い張るもんで……」

網子たちが口々に言う。

「お登志？　おっ、俺も立場茶屋おりきの大番頭からその名前《なめえ》を聞いてきたばかりなんだが、誰でェ、その女ごは……」

亀蔵が待造へと目を戻す。

待造は訝しそうな顔をして、おっ、定《さだ》、おめえ、その女ごのことを知っているのなら、詳しく話してみな、と背後を振り返る。

定と呼ばれた男は、気を兼ねたように首を竦めた。

「へえ……。猟師町の仕舞《しも》た屋に住む女ごで、一年くれぇ前《めえ》に品川宿に越《こ》して来たそうでやしてね……。なんでも、日本橋高砂町《たかさごちょう》の経師屋《きょうじや》のご新造《しんぞう》さんらしいんだが、胸を病み、転地療養のためにお端女《はした》を一人連れてやって来たとかで、才造さんはほぼ毎日、何はさておき、陸《おか》に上がるとその女ごの家に駆けつけるようで……」

「なんでェ、そいつァ……。じゃ、才造はその女ごを相手に商《あきな》いをしていたというのか？　それとも、才造の厚意《こうい》で魚をくれてやっていたのか……」

亀蔵が伸び上がるようにして男を見ると、男は戸惑《とまど》ったように目を瞬いた。

「たぶん、くれてやってたんだと……。いや、これは飽《あ》くまでもあっしの推測でやすよ……。と言うのも、いつだったか、あっしが、あにさん上得意《じょうとくい》が出来てよかったじゃねえか、とちょっくら返《けえ》したら、莫迦も休み休み言いな、誰が病人相手に商売《しょうべえ》をしようか！　とムキになってどしめきやしてね……。それで、あっしは才造さんがその女ごにほの字なんだと気づいたってわけで……」

「才造がその女ごにほの字だって？　だが、ご新造さんというからには、その女ご、亭主持ちなんだろうが……」

亀蔵が小さな目をきらりと光らせると、定という男は縮み上がった。

「それはそうなんだが、恋は仕勝《しが》ちといって、これぱかりはどうしようもねえ……。それに、これはあっしが他から聞いた話なんでやすがね。どうやら、その女ご、労咳《ろうがい》を患《わずら》ったってんで、本宅から引導《いんどう》を渡されていたとか……。と言っても、三行半《みくだりはん》を突きつけられるところまではいってねえようでやすがね。まっ、本宅でもご新造さんは早晩《そうばん》永くはねえと踏んでるんでやしょう……。それで、世間の目を気にして、病の女房を追い出したと後《うし》ろ指を指されるより、死ぬのを待って、それから後添《のちぞ》いを貰《もら》おうと思ってるんじゃねえかと……。あっしが思うに、才造さんはその女ごを不憫《ふびん》に思ってたんじゃねえかと……。憐憫《れんびん》がやがて愛《いと》しさに変わり、気づくと、二進《にっち》も三進《さっち》もいかねえくれェに片恋《かたこい》をしていた……」

定という男は、まるで見ぬ京物語でもするかのように、滔々《とうとう》と語った。

「おめえ、お登志という女ごに逢ったことがあるのかよ」

待造が訊ねる。

「いや、一遍《いっぺん》もねえ……。けど、家は知ってやすぜ。才造さんの後を跟《つ》けてったことがあるんで……。ところが、水口に出て来たのはお端女の婆さんで、終《つい》しか、お登志という女ごは顔を見せなくて……」

「だったら、才造がお登志に片惚《かたぼ》れしていると、どうして言える？　才造はお登志の身の有りつきに情をかけ、放っておけなかっただけの話かもしれねえのだからよ」

亀蔵がそう言うと、定という男は片頬《かたほお》に皮肉めいた嗤いを浮かべた。

「情をかけただけで、誰が嵐の海に舟を漕ぎ出しやす？　あっしはこんな日に舟を出すのは止《よ》せと止めたんでやすぜ？　それなのに、あいつ、他の日ならともかく、今日はあの女《ひと》の生まれた日なんだ、誰も祝ってやらねえのは可哀相《かえいそう》だから、せめて、俺が尾頭付《おかしらつ》きの魚で祝ってやりてェ……、とそう言ったんでやすぜ？　惚《ほ》れていなくて、どうしてそんなことが言えようか。間違《まちげ》ェねえ！　才造さんはあの女ごに夢中だったんだよ」

定という男が鼻柱《はなばしら》に帆《ほ》をかけたような言い方をする。

「ふむ……」

亀蔵が腕を組み、考え込む。

「どうでやしょう。あっしも定の話を聞いて、才造が嵐の海に舟を漕ぎ出した気持が解ってきたような……。そうだとしたら、ある意味、自業自得《じごうじとく》。誰も責めを負うような話じゃねえのじゃ……」

待造が亀蔵の顔を覗《のぞ》き込む。

「誰が責めを負えと言った？　俺ャ、そういうことを言ってるわけじゃねえんだ。仮に、才造がお登志のためにしたことだとしても、お登志に非《ひ》があるわけじゃねえ……。才造が勝手にしたことなんだからよ。するてェと、おめえさんたちは才造がもう戻って来ねえと、そう思ってるんだな？」

亀蔵が皆を見廻し、最後に弾五郎に目を据えた。

弾五郎が徐《おもむろ》に頷く。

「ああ……。気の毒だが、才造は海の藻屑《もくず》と化したと思わざるを得ねえ……。これまで一日経っても行方《ゆくえ》が判らず、その後戻って来たという例《ためし》がねえもんでよ」

「仮に、どこかに辿り着いたとすれば、それならそれで知らせが入《へえ》ってもよさそうなもの……。そう考えれば、親方が言われるように、諦《あきら》めざるを得ねえからよ……。で、話はここからなんだが、確か、才造には妹がいて、立場茶屋おりきの旅籠で女中をしているとか……」

待造が亀蔵を瞠める。

「ああ、おみのというんだがよ」

「親分の口から伝えてもらえると、助かりやすが……」

「ああ、解った。伝えておこう。それでだ、才造が死んだとして、竜龍ではどうするつもりなんだ？」

「………」

「………」

弾五郎と待造が目をまじくじさせる。

「と言いやすと？　通夜《つや》や野辺送《のべおく》りのことを言っておられやすんで？　滅相《めっそう》もねえ……。まだ行方が判らなくなって一日だというのに、そんなことが出来るわけがねえ！　それに、遺体もねえのに、どうやって……。それより何より、うちがそんなことをしなくちゃならねえ謂《いわ》れもねえ……。才造には身内がいるのだし、あいつは網子といっても自前《じめえ》でやすからね」

待造が挙措《きよそ》を失い、ねえ？　と弾五郎を窺う。

「ああ、そういうことだ。悪く思わねえでくんな。うちは親分から頼まれたんで、島《しま》帰《げえ》りのあの男を抱え網子として迎えた……。それに、その後、才造が自前《じめえ》の舟を持ちてェと言い出したときには、信じられねえほどの安価《あんか》で舟を譲《ゆず》り渡した……。もうそれで義理は果たせたと思うが、違いやすかな？」

弾五郎が亀蔵に視線を定める。

その面差しには、臆《おく》するところが微塵《みじん》もなかった。

才造には充分すぎるほどしてやったという、満足感の表れであろうか……。

「あい解った！　じゃ、あとのことはこっちでやろう。竜龍の旦那、これまで才造が世話になったな。礼を言わせてもらうぜ……」

亀蔵が深々と頭を下げる。

「親分、止して下せえよ！　さっ、頭を上げて……」

「そうですぜ。親分にそんなことをされたんじゃ、あっしら、どうしていいんだか……」

弾五郎と待造が狼狽《うろた》える。

亀蔵は頭を上げると、男衆を見廻した。

「皆、ご苦労だったな！　まだ才造が死んだと決まったわけじゃねえが、このまま戻って来ねえようなら、胸の内で手を合わせてやってくんな」

「…………」

「…………」

「…………」

誰一人、言葉を発そうとしなかった。

亀蔵は微苦笑《びくしょう》すると、片手を挙げ、じゃあな！　と呟き、土間へと下りて行った。

おりきは亀蔵から話を聞くと、覚悟していたのか深々と肩息を吐いた。

「やはり、才造さんでしたのね。神仏に祈りは通じなかったということ……」

「けど、まだ行方が判らなくなって、一日ですぜ！　あれでも、どこかの島に流れ着いているかもしれねえ……。今頃、他人《ひと》に助けられて朦朧《もうろう》とした意識の下《もと》にいるのだとしたら、すぐのすぐにと戻って来られねえ……。ねっ、女将さん、そう思いやせんか？」

達吉が同意を求めるかのような目で、おりきを瞠める。

「ええ、わたくしもそう思いたいです。いえ、そう思うことに致します。才造さんは十七年という永い歳月《さいげつ》を三宅島で過ごし、これまでどんな辛酸《しんさん》をも耐《た》えてこられたのです。嵐の海に投げ出されたとしても、きっとどこかに辿り着いておられることでしょう……。そう思い、諦めるのは止しましょう」

おりきは毅然《きぜん》とそう言ったが、凡太のときのことを思うと、後生楽《ごしょうらく》に構えているわけにもいかないように思い、じくりと胸の疼《うず》きを覚えた。

「それでよ、おみのにこのことをどう話す？　まだ戻って来るかもしれねえと思い、このまま知らせねえって法はねえだろう？　あいつは妹なんだからよ。どういう状況であろうと、俺ャ、知っておくほうがいいのじゃねえかと思ってよ……」

亀蔵に言われ、おりきも頷く。

「ええ、わたくしもそう思います。現在《いま》から心配をさせることはないといっても、仮に、このまま才造さんが戻って来ないのだとしたら、何故、もっと早く知らせてくれなかったのかと恨《うら》みに思われても仕方がありませんからね」

「あっしもそう思いやす。大丈夫《でえじょうぶ》でやすよ。おみのは強《つえ》ェ女ごだ。島送りとなった兄貴を十七年もの間ずっと待ち続けてきた女ごだもの、何があろうと真摯《しんし》に受け止め、立ち向かおうとするに違《ちげ》ェねえからよ……。じゃ、おみのを呼んで参りやしょう」

達吉が帳場を出て行く。

おりきは茶を淹《い》れながら、ふうと太息《ふといき》を吐いた。

「では、才造さんがお登志という女《ひと》に魚を届けていたという話は、本当だったのですね？」

「ああ、昨日もその女ごに祝いの魚を届けたくて、嵐の海に舟を漕ぎ出したというからよ……。なんでも、昨日はお登志が生まれた日だそうでよ。常なら、いちいち生まれた日を祝うなんてことはしねえんだろうが、何しろ、お登志は病で先の読めねえ身体とあって、才造はどうしても現在《いま》はまだ生きているってことを悦び、祝ってやりたかったんだろうて……。あいつ、決して幸せと言えなかったてめえの身の有りつきと、お登志の身の有りつきを重ね合わせたに違《ちげ》ェねえんだ！　竜龍の男衆は才造が女ごに懸想《けそう》していたからに違《らげ》ェねえと言ってたが、俺ャ、それぱかりじゃねえように思えてよ……。男と女ごの関係を通り越して、何か魂《たましい》の触《ふ》れ合いのようなものを感じるのよ。上手《うま》く言葉に出来ねえんだが、これは才造にしか解らねえ、もっと崇高《すりこう》なもの……。ああ、俺ャ、一体《いってえ》何を言いてェんだか！」

亀蔵が決まり悪そうな顔をする。

「いえ、解ります。親分のおっしゃりたいことが、手に取るように解ります」

おりきがそう言ったときである。

「おみのを連れて来やした」

板場側の障子の外から声がかかり、達吉がおみのを伴《ともな》い入って来る。

「大番頭さん、おみのには？」

「いえ、まだ何も話してやせん」

「そうですか……。おみの、お坐りなさい」

おみのが怖ず怖ずと腰を下ろす。

「おみの、落着いて聞いて下さいね。実は、昨日、時化の海にお兄さまが舟を漕ぎ出され、現在《いま》になっても戻って来られないそうですの」

おみのの顔からさっと色が失《う》せた。

「竜龍では、才造さんが難破したと考えているようでしてね……。先ほど親分が竜龍を訪ね、親方や宰領から話を聞いてこられたのですが、もう丸一日経っているので覚悟しておいたほうがよいと言われたそうなのですが、勿論《もちろん》、私たちは望みを捨てたわけではありません。それで思ったのですが、現在《いま》の段階で、このことをおまえに話してよいものかどうかと……。けれども、わたくしがおまえの立場なら、やはり知っておきたいと思います。それで、大番頭さんや親分とも相談し、おまえに話すことにしたのですが……、ああ、どうしました？　おみの、大丈夫ですか？」

胸に手を当て、項垂れてしまったおみのを見て、おりきが慌てて傍に寄ろうとする。

おみのは片手を突き出し、おりきを制した。

「大丈夫です。なんだか不安が的中《てきちゆう》したみたいで、それで少し動揺しただけですので……。あたし、何故かしらこうなることが解っていたような気がするんです……」

「こうなることが解っていたとは……」

おりきが訝しそうに目を瞬く。

「夕《ゆん》べ、夢枕《ゆめまくら》にあんちゃんが立ったんですよ。あんちゃん、あたしの顔をじっと瞠めてた……。あたしがどうしたのって訊ねても何も言わず、あたしが手を差し伸べたらすっと消えてったんだけど、あんちゃんのあんな顔を見たのは子供の頃以来で……。草刈鎌《くさかりがま》で左手の指を三本失う前の、妹思いの優《やさ》しいあんちゃんの顔でした。あたし、夢から醒《さ》めた瞬間、あんちゃんに何かあった……、と悟《さと》りました。同時に、別れを告げに来たのじゃなかろうかとも……。ああ、このことだったんですね」

「では、おみのは才造さんが亡くなったと思うのですか？」

おりきが訊ねると、おみのは寂《さみ》しそうな笑《え》みを見せた。

「だって、あんちゃんがごろん坊と連《つる》んで悪さをし三宅島に送られたときも、島抜《しまぬ》けした権八《ごんはち》という男からあんちゃんは島で死んだと嘘《うそ》を叶かれたときも、あんちゃんが夢枕に立つなんてことはなかったんですよ。それなのに、夕《ゆん》べはあんちゃんが……。もう忘れかけていた、あの優しそうなあんちゃんの顔……。あれはあたしに別れを告げるためだったんですよ」

おりきの胸がざわついた。

そうかもしれないと思うのである。

才造が押し込み一味に加わり、火付盗賊改方《ひつけとうぞくあらためかた》に挙げられ三宅島に遠島《えんとう》となったのは、おみのが十五歳のとき……。

以来、おみのは才造がご赦免《しゃめん》となって戻って来たときのためにと、こつこつと金を貯《た》め待っていたのである。

その金を、島抜けした権八から、兄貴のことを暴露《ばら》してほしくなかったら金を出せ、と三両もの口止め料を脅《おど》し取られたおみの……。

おみのはそれでも挫《くじ》けることなく、それからも無駄金《むだがね》を一切《いっさい》使わず、才造が娑婆《しゃば》に戻って来たときのためにと、爪《つめ》に火を点《とも》すようにして暮らしてきたのである。

おみのの想いが通じたのか、二年後、才造は十七年ぶりに娑婆に戻って来た。

そうして、才造は亀蔵の世話で竜龍へと……。

三宅島の流人《るにん》暮らしで、これまで漁を生業《なりわい》として生きてきたからである。

が、才造は津元丸抱えの網子より、自前の舟で漁をし捕《と》った魚を津元に卸《おろ》すという、自前の網子を選んだ。

その舟を調達するために、女将さんから金を借りてくれ、と才造がおみのに頼んできたのである。

無論《むろん》、おみのは断った。

が、亀蔵からその話を聞いたおりきは、貸すといった形でその金を融通《ゆうずう》してやろうと思ったのである。

おまきの場合もそうだったが、おりきはこれまで茶立女や旅籠の女衆を嫁に出す際、持参金として纏《まと》まった額の金を持たせてきたが、恐らく、おみのは才造のことが気懸かりで、兄を置いて嫁に行こうと思わないだろうから、才造に貸す金をおみのの持参金と考えればよいのである。

結句、おみのはこれから先も才造に振り回されて生きていくよりほかないのである。

とは言え、才造にもおみのに済まないと思う気持があったであろう。

ああ、だから、才造は昨夜おみのの夢枕に……。

では、やはり、才造は……。

おりきの胸がきやりと揺《ゆ》れた。

すると、おみのがぽつりと呟いた。

「けど、あんちゃん、なんで時化の海に舟を漕ぎ出したんだろう……」

やはり、おみのには現在《いま》判っていることをすべて話しておいたほうがよい。

そう思い、おりきが口を開きかけると、亀蔵が取って代わった。

「そりゃよ、病のお登志に魚を食わせてやりてェ一心《いっしん》からでよ……」

亀蔵がお登志のことを話して聞かせる。

「そうだったんだ……。あんちゃん、その女《ひと》のことが好きだったんだ……。でも、良かった！　あんちゃんが誰かのためを思い、居ても立ってもいられなくなったということが聞けて……。あたし、あんちゃんにもそんな気持があったと思うと嬉しい……。それが恋心だとしたら、もっと嬉しい！　だって、束《つか》の間であれ、あんちゃんにも常《つね》並《なみ》な心が持てたということだもの……。あんちゃん、きっと満足して海に消えていったんだ。あんちゃん……。あァん、あァん、あんちゃん……」

おみのの頰を涙が伝い、堪《こら》えきれずにワッと前垂《まえだ》れで顔を覆《おお》った。

おりきがおみのの傍に寄って行き、肩を抱《かか》え込む。

おりきの目も涙に濡《ぬ》れていた。

「おみの……」

「おい、二人とも、止しとくれよな！　才造はまだ死んだと決まったわけじゃねえんだからよ……」

そう言う亀蔵の目も涙で光っている。

達吉は目の遣《や》り場に困り、ズズッと洟《はな》を啜《すす》り上げた。

「とめさん、今思い出したんだけど、昼間、榛名さんからもらった麩《ふ》の焼があるのよ。寝る前に食べるのは身体によくないと解っているけど、明日に回すと固くなっちまうから食べましょうか？　あたし、お茶を淹れてくるからさ」

さつきが夜具を調《ととの》えながら声をかけてくる。

「ほう、麩の焼かえ……」

「子供たちの小中飯《こじゆうはん》（おやつ）にと作ったんですって！　見世で売っているものに比べると、少し形が歪《いびつ》だけど、味は負けないって……。榛名さん、あすなろ園の子供たちばかりか旅籠衆の賄《まかな》いで手一杯だというのに、小中飯まで気を遣《つか》ってやるなんて、あたしも見倣《みなら》わなくっちゃ……」

「それじゃ、無理してでも食ってやらなきゃね」

「無理してでもって、えっ、お腹が一杯なんですか？　そう言えば、夜食も半分ほど残していたみたいだけど、まさか、具合が悪いのじゃないでしょうね？」

さつきが気遣わしそうにとめ婆さんを窺う。

とめ婆さんは慌てて片頬に笑みを貼《は》りつけた。

「なんの、悪いわけがない！　歳を取るとこんなもんでさ。いいから、早くお茶を淹れてきな！」

とめ婆さんに促《うなが》され、さつきが土間へと下りて行く。

二階家には、一階にとめ婆さんの部屋の他に達吉、おうめ、おきちの部屋があり、土間が三畳ほどの厨となっている。

とは言え、この厨で調理することはまず以てなく、湯を沸《わ》かしたり、病人が出たときの粥《かゆ》を作る程度のことにしか使われなかった。

が、厨があるのとないのとでは大違いで、湯を沸かす分にはまことに以て重宝《ちようほう》しているのである。

どうやら、おうめか市造が茶の仕度をした後とみえ、竈《かまど》にかけた鉄瓶《てつびん》から湯気《ゆげ》が立ち上っていた。

さつきは手早く急須《きゆうす》にお茶っ葉を入れ湯を注《そそ》ぐと、盆に湯呑や急須を載《の》せて、とめ婆さんの待つ部屋へと戻って行った。

「お湯が沸いてたんで助かったわ。さっ、食べましょうか」

そう言い、柳行李《やなぎごうり》の中から麩の焼を載せた皿を取り出す。

「おやまっ、そんなところに隠してたなんて！」

とめ婆さんが驚いたように言う。

さつきはくすりと肩を揺らした。

「別に隠していたわけじゃないけど、置き場がなくて……」

麩の焼とは、小麦粉を捏《こ》ねて薄く伸ばし、餡《あん》を包んで焼いた菓子のこと……。

餡の代わりに胡桃《くるみ》を砂糖《さとう》と白味噌《しろみそ》で和えたものを包んだものもあるようだが、榛名の麩の焼は餡のようである。

「形が歪と言ってたが、よく出来てるじゃないか……。あたしはこれが好物《こうぶつ》でね。遣手をやっていた頃は、よく消炭《けしずみ》に買いに走らせたもんだよ」

とめ婆さんが昔を偲《しの》ぶように目を細める。

「とめさん、遊里にいた頃と現在《いま》じゃ、どっちが幸せ？」

さつきが麩の焼を頰張《ほおば》りながら訊ねる。

「どっちと言われても……。飯盛女として客を取らされていた頃は、金に縛《しば》られることを苦痛に思っていたが、身の代を払い終えてからは金を貯めることだけを考えていたからね。それは遣手になってからも同じことで、胴欲婆《どうよくばばあ》と言われても歯牙《しが》にもかけなかった……。金を持ってるってことが、どれだけ強みになるか……。皆のあたしを見る目が違ってきたんだからさ！　だから、遊里にいることがさほど辛いとも思わなかった……。辛いと思ったのは、我が子をこの腕に抱いていて、死なせてしまったときだけでさ。あれは辛かった……」

「ええ、聞きました。けど、それはとめさんが赤児《やや》を奪《うば》われたくなくて、足抜《あしぬ》けしようとしたからでしょう？　追っ手から逃《のが》れるのに夢中で赤児《やや》の鼻が塞《ふさ》がれていたのに気づかなかったと聞いたけど、死なそうと思ってしたわけじゃないのだから、確かに辛いかもしれないけど、い、い、くしくししてたって仕方がない……」

「あたしもそう思おうとしたさ。けどさァ、時折思うんだよ。あのときの子が生きていたら、今頃はどんな男に育っていただろうかと……。男の子だったんだよ」

「生きていたとしたら、幾つになってるだろうさ。嫌だ、嫌だ……。死んだ子の歳を数えたって仕方がないのにさ！　それにさ、現在《いま》はあすなろ園の悪餓鬼《わるがき》たちに囲まれてるんだ。寂しいなんて言ってる暇がなくってさ」

さつきはふふっと笑った。

常から、子供たちのことを煩《うるさ》いだの、ちょこまかして目障《めざわ》りだと悪《あ》しざまに言っているが、とめ婆さんも本当は子供たちが可愛《かわい》くて仕方がないのであろう。

「じゃ、ここに来てからも、とめさんは幸せなんだね？」

　さつきがとめ婆さんの顔を覗き込む。

「幸せかどうか解らないが、大勢《おおぜい》の人に囲まれていると、飽《あ》きるってことがないからね。それにさ、あたしには洗濯女としての自負があるんだよ。遊里にいた頃のあたしには考えられないことなんだが、まさか、これほど洗濯が好きだったとはね……。さつきには解るだろう？　汚れが落ちていくときの悦びや、糊づけして客の肌に優しい敷布に仕上げていくときの、胸が顫《ふる》えるような想いが……」

「ええ、解ります。けど、あたしはまだとめさんの足許《あしもと》にも及ばない」

「いや、上手《うま》くなったよ、さつき、おまえには洗濯のコツをすべて伝授《でんじゅ》した……。もう何も教えることはない。これで、あたしは安心して身を退《ひ》くことが出来るってもんだ」

「身を退くなんて……。嫌ですよ！　とめさんにはまだまだ現役《げんえき》でいてもらわなくっちゃ……！」

「おまえねえ、あたしゃ、七十路に手が届こうって歳なんだよ。一体、いつまで働かせれば気が済むのかよ！　そうだ、よい機会だから、おまえにこれを託《たく》しておこう……」

　とめ婆さんはそう言うと、柳行李の蓋《ふた》を開け、中をごそごそと掻き回した。

「これなんだがね……」

とめ婆さんが巾着袋《きんちやくぶくろ》を二つ取り出す。

何が入っているのか、随分と重そうである。

「おまえを浅草の蔦竜から身請する際に二十両使っちまったが、ざっと十五両ある……。但《ただ》し、小判《こばん》は二枚ほどで、あとは小粒《こつぶ》（一分金）や小白《こじろ》（一朱銀）、南鐐《なんりよう》（二朱銀）といった細金《こまがね》ばかり……。が、銭《ぜに》は銭だ。これをさつきに預けておくから、この先、おまえがいざというときに使えばよい。勿論、さつきのためであっても他人《ひと》のためであってもいい……。おまえが無駄に金を使うような女ごじゃないと解っているから託すんだからね。いいね、解ったね！」

とめ婆さんがさつきの手に巾着袋を渡そうとする。

「駄目ですよ、そんなことをしちゃ……。これはとめさんが爪に火を点すようにして貯めた金じゃないですか！」

「てんごうを！　老い先短い婆さんが持っていたって仕方がない。それより、先のあるおまえが持っていておくれ。さつき、あたしにゃもうこのくらいのことしかおまえにしてやれないんだ！　お願いだから、受け取っておくれ……」

とめ婆さんが縋るような目で、さつきを瞠める。

「あたしにはこの腕の中で死なせた赤児《やや》の他に、もう一人、娘がいてね……。どちらも父親《てておや》が誰だか判らない子だったんだが、最初《はじめ》の娘《こ》は生まれて間なしに里子に出されてさ……。それで、二度目はそうはさせまいと連れて逃げようとして、あんな無惨《むざん》な死に方をさせることになっちまってね。里子に出された娘《こ》がどこに貰われていったのか、生きているのか死んでいるのかも判らないんだが、どんな形であってもいいから、生きていてくれればと思ってさ……。そう思うからなのか、いつしか、おまえのことが娘のように思えてきてさ……。いや、その娘《こ》とおまえじゃ歳が違うよ。死なせた男の子より前に生まれた娘だから、生きているとしたら五十路近く……。だから、さつきの歳を考えるとそんなわけがないのに、何故かしら、おまえのことが娘のように思えてさ……。いいだろう、さつき……。あたしにそう思わせておくれよ！」

とめ婆さんの金壺眼《かなつぼまなこ》がきらりと光る。

「ええ、ええ、いいですよ。とめさんをおっかさんと思えるなんて幸せです。ああ、それであのとき、あたしを救い出すために二十両もの大金を……」

さつきがはらはらと涙を零《こぼ》す。

「当然じゃないか！　母親が娘のために金を使ってどこがおかしい？　日頃は倹《つま》しく暮らしていても、いざというときのために使ってこそ、金は生きるってもんでさ！

解っただろ？　だったら、これからは、そのあたしの想いをおまえが引き継《つ》ぐんだ。さっ、もう遅いから休もうじゃないか。ああ、眠い、眠い……」

とめ婆さんはそう言うと、そそくさと蒲団《ふとん》に潜《もぐ》り込んだ。

さつきは茫然《ぼうぜん》と坐っていたが、ハッと腰を上げると、巾着袋を柳行李に仕舞《しま》い、行灯《あんどん》の灯《ひ》を消した。

翌朝、さつきは明かり取りから差し込む光に、ハッと目を醒ました。

昨夜、夜更《よふ》かししたのが祟《たた》り、どうやら寝忘《ねわす》れてしまったようである。

とめさんは……。

さつきは慌てて身体を起こした。

が、どうしたことか、いつもは朝の早いとめ婆さんがまだ眠っているではないか……。

「とめさん、もう朝ですよ。起きて下さいな！」

さつきは常着《つねぎ》に着替えながら声をかけた。

だが、とめ婆さんはぴくりともしない。

やはり、寄る年波《としなみ》には敵《かな》わないのか、余程疲れているようである。

朝餉まで、もう少し寝かせておいてあげようか……。

そう思い、蒲団を畳《たた》んで部屋の隅に積み上げると、もう一度、とめ婆さんへと目をやった。

えっ……。

さつきの胸がきやりと高鳴った。

何故かしら、とめ婆さんの様子が異様なのに気づいたのである。

それは眠っているというより、どこかしら死人《しびと》の顔に近かった。

まさか……。

さつきは慌てて息を確かめようと、とめ婆さんの鼻に手を差し伸べた。

が、ちらと触《ふ》れたとめ婆さんの肌の冷たさに、さつきの身がさっと凍《こお》りついた。

案の定、とめ婆さんは息絶《いきた》えていたのである。

「とめさん！　とめさん！　ああ、どうしよう……。誰か、誰か、早く来て！」

さつきが大声を上げる。

すると、バタバタと階段を駆け下りる足音がして、潤三が部屋に飛び込んできた。

続いて、下足番の吾平が……。

「どうしてェ、おっ、とめ婆さんが息をしてねえのか？」

「大変《てえへん》だ。すぐに女将さんや大番頭さんを呼んで来なきゃ……」

暫《しばら》くして、知らせを聞いたおりきと達吉、末吉が駆けつけた。

潤三が表に飛び出して行く。

「とめさん……」

おりきは腰砕《こしくだ》けしたように、とめ婆さんの枕許《まくらもと》にすとんと坐り込んだ。

「いつ……。何故、黙って逝《い》ってしまったのですか……」

驚きの余り、涙も出て来ない。

「さつき、おめえが傍についていて、気づかなかったのか！」

達吉が険《けわ》しい目をして、さつきを睨めつける。

「済んません……」

「夕《ゆん》べの様子はどうだったのかよ。具合が悪そうだとか、なんか気づいたことはなかったのかよ！」

「昨日、夜食を半分ほど残したみたいなんで、具合が悪いのかと訊ねたんですが、どこも悪くないって……。それで、寝る前に榛名さんから昼間もらった麩の焼を食べたんですよ」

「麩の焼を食ったただと？　まさか、それに当たったんじゃねえだろうな……」

　達吉が再びじろりとさつきを睨みつける。

「そんなはずがありません。あたしも一緒に食べたんだもの……」

「大番頭さん、てんごう言っちゃいけやせんや……。麩の焼で当たったなんて聞いたこともねえ！」

　吾平がそう言うと、おりきはハッと末吉を見た。

「末吉、素庵さまを大急ぎで呼んで来て下さい！」

「けど、女将さん、とめ婆さんはもう息がねえっていうのに……」

　達吉が目を瞬く。

「解っています。けれども、死因を確かめるためにも素庵さまに診《み》てもらわなければなりません……。眠ったまま召されたというのであれば、それがとめさんの宿命《さだめ》と思い諦めもつきますが、病だったのをわたくしたちが知らなかったのであれば、悔いが残ります……。さあ、早く！」

　おりきに言われ、末吉が臀《しり》に火がついたようにして駆け出して行く。

「ああ、どうしよう……。とめさんが病に罹《かか》っていたのだとしたら、あたしは傍にいて何も気づいて上げられなかったんだ……」

さつきがワッと声を上げて、泣き崩《くず》れる。

どうやら、さつきは現在《いま》になってやっと、とめ婆さんの死を現実のものとして受け止められるようになったとみえ、肩を顫わせ、おいおいと泣きじゃくった。

おりきにもとめ婆さんがもうこの世の人ではないという現実がやっと摑《つか》めたらしく、とめ婆さんの額に手を当て、口の中で何やらぶつぶつと呟いている。

「俺ャ、まだ信じられねえ……。息災《そくさい》なことだけが取り柄《え》だと豪語《ごうご》していた、あのとめ婆さんがよ……。こうして、誰にも別れを告げねえまま去って行っちまったんだからよ……」

達吉がしみじみとした口調《くちよう》で言う。

「ああ、憎《にく》まれっ子世に憚《はばか》る、とそう言ってたんだもんな」

吾平が苦渋《くじゆう》に満ちた顔をする。

「拗ね者だったが、死ぬときくれェ、皆に別れのひとつも言って死んでくれてたらよ……」

達吉がそう言うと、畳に突っ伏し肩を顫わせていたさつきが、さっと顔を上げた。

「いいえ、とめさんは夕《ゆん》べあたしに別れを告げたんですよ！」

えっと、全員の目がさつきに注《そそ》がれる。

「さつき、それはどういうことなのですか?」

おりきがさつきに目を据える。

「夕《ゆん》べ、麩の焼を食べた後、とめさんがあたしに言ったんです。これまでおまえに洗濯のコツを伝授してきたが、もう何も教えることはない、安心して身を退くことが出来るって……。そればかりじゃないんです。実は、これをとめさんがあたしに……」

さつきが柳行李の蓋を開け、巾着袋を取り出す。

「細金ですが、ざっと十五両あるそうです。とめさんがこれをあたしに託すんで、この先、いざというときに使うようにって……。あたしのために使ってもよいし、他人《ひと》のために使ってもよいが、実《み》のある金の使い方をするようにと……。勿論、あたしは断りました。けど、とめさんが目に涙を浮かべて頼むんですよ。とめさんね、あたしのことを娘のように思うって……。だから、母親が娘にしてやることだと思って受けてくれと……」

さつきがおりきの前に巾着袋を置く。

成程、ずっしりと細金の詰まった重そうな袋で、それも二つ……。

「さつきのことを娘のように思うといっても、そんな莫迦な……。とめ婆さんの娘とさつきじゃ、母娘《おやこ》ほど歳の開きがあるっていうのによ！」

達吉が呆《あき》れ返った顔をする。

「ええ、それはとめさんも言っていました。解っていても、何故かしら、あたしのことが娘のように思えるって……。とめさんが、おまえを娘と思ってもいいだろう？と縋るような目で見るんですよ。あたし、嬉しかった！　あたしを産んでくれたおっかさんは疾《と》うの昔に死んじまっているし、継母には一度も情をかけてもらったことがなかったから、とめさんのことをおっかさんと思えるのが嬉しくって……。けど、まさか、それがとめさんとの最後の会話になるとは……。そうと解っていれば、もっともっと、母娘《おやこ》の会話をしたかったし、肩を揉《も》んであげたり腰をさすってあげられたのに……。それを思うと、あたし、悔しくて堪《たま》らない！　あァん、あァん、とめさん、おっかさん、なんで死んじまったんだよォ……」

さつきは再び畳に突っ伏すと、激しく肩を揺すった。

おりきがさつきの肩にそっと手をかける。

「さつき、おまえの話を聞いて解りました。恐らく、とめさんは死が近いことを悟っていたのでしょう。それで、昨夜、とめさんなりに、おまえに別れを告げたのでしょう。如何《いか》にも、とめさんらしいではないですか。とめさんはね、拗ね者と謗られようが、毅然として生涯を全《まっと》うしたのですよ。考えてみれば、とめさんほど他人《ひと》に気を配り、優しい女《ひと》はいませんでした。さつきを浅草の水茶屋から救い出してくれたのもとめさんですし、お麻《あさ》さんの赤児《やや》を取り上げ、横浜村《よこはまむら》に戻れるようになるまで面倒を見てくれたのも、とめさんです……。わたくしはね、とめさんが心とは裏腹《うらはら》に悪態を吐いたのは、照れていたからではないかと思っていますのよ。永いこと遣手をやってきて、他人《ひと》からよく見られるより、悪く見られたほうがやりやすいと思っていたのでしょうね。それで、敢えて背《そむ》けたことを言っていた……。でも、ごらんなさいよ。こんなに安らかな顔をして……。きっと、もう何も思い残すことがなく、大往生《だいおうじよう》だったのだと思いますよ。とめさん、ご苦労でしたね。もう充分ですよ。有難《ありがし》う……。今日より、とめさんは善助やおよねたちと共に、わたくしたちの心の中に生きるのですよ。決して、とめさんのことは忘れませんからね……」

おりきの目に溢《あふ》れた涙が、ぱちんと弾《はじ》けたように頬を伝い下りた。

とめ婆さんの死因は、ぽっくり病だとか……。

原因不明で、就寝中に突然襲《おそ》ってくる病とかで、一見息災そうに見える者でも死に至ることがあるという。

つまり、苦しむことなく眠ったまま死に誘《いざな》われるというのであるから、七十路近くになったとめ婆さんには、大往生といってもよいだろう。

「苦しまなかったのが、せめてもの救いでやすね。今思えば、やはり、あのとき、とめ婆さんには死が近いことが解っていたのかもしれねえ……」

夕餉膳の打ち合わせに来た巳之吉が、感慨《かんがい》深そうに言う。

「あのときとは？」

おりきが訝しそうな顔をする。

「亡くなった日の朝のことでやす。あの日、春疾風で海が時化て活魚が手に入らなかったもんだから、山菜を前面に献立《こんだて》をと、あっしがお品書を認《したた》めに二階家に戻ろうとしたら、とめ婆さんが洗濯場の鍚台にもたれかかって裏庭を眺めてやしてね……。眺めていたというより心ここにあらずで、きっと何も見えてはいなかったんだろうが、あんなとめ婆さんの姿を見たのは初めてだったもんで、妙だな？　と思ったんでやすがね」

「歳は取っても矍鑠《かくしゃく》としたあのとめ婆さんにしては、そりゃ妙でやすね……」

達吉が首を傾げる。

「でしょう？　だから、あっしが思うに、とめ婆さんにはお迎えの近《ちけ》ェことが解っていたのじゃねえかと……」

「ああ、そうかもしれねえ」

「春疾風といえば、才造さんが行方不明になったのも、あの嵐の日ですものね……。今日で一廻り《ひとまわり》（一週間）になりますが、未《いま》だに消息が判らないまま……。やはり、海の藻屑と化したと思ったほうがよいのかもしれませんね」

おりきが辛そうに眉根《まゆね》を寄せる。

「才造、とめ婆さんと立て続けに失っちまったんだもんな……」

達吉が太息《ふといき》を吐いたそのときである。

「女将さん、定六飛脚《じょうろくびきやく》が文《ふみ》を届けてきやしたが……」

玄関側の障子の外から、末吉が声をかけてきた。

定六という言葉に、おりきと達吉がさっと顔を見合わせる。

宿泊の予約は、通常、江戸市中からなら町飛脚《まちびきやく》で、至急なら早飛脚《はやびきやく》、遠方になると継飛脚《つぎびきやく》を使うが、江戸、上方間を六日で届ける定六とは……。

余程、火急《かきゆう》の要事《ようじ》のようである。

「おお、ご苦労だったな」

達吉が文を取りに行く。

「どなたからですの？」

おりきが訊ねると、達吉が封書を裏返し、差出人の名を改める。

「なんと、加賀山三米《かがやまさんべい》……、三吉《さんきち》からでやすぜ！」

「えっ、三吉ですって？　まさか、加賀山竹米《ちくべい》さまのご母堂《ぼどう》に何かあったのでは
……」

おりきが顔を強張《こわば》らせ、達吉から文を受け取る。

おりきは封書から文を取り出すと、はらりと巻紙を解《ほど》いた。

おりきの顔から見る見るうちに色が失せていく。

「やはり、操《みさお》さまが……」

達吉が怖々《こわごわ》と訊ねる。

「いえ、操さまではありません。吉野屋《よしのや》さまがお亡くなりになったとの知らせです
……」

おりきが三吉からの文を達吉に手渡す。

「なんと、これは……。するてェと、吉野屋さまは京《きょう》で勝彦《かつひこ》さんの葬儀を滞《とどこお》りなく終

え、それから間なしに体調を崩したが、年が明けていよいよ重篤《じゅうとく》となり、遂に、一廻り前《めえ》、帰らぬ人となったってわけか……。おっ、ちょい付った！　一廻り前《めえ》といえば、春疾風が吹いた日で、あの日、才造の行方が判らなくなり、その翌日、とめ婆さんが死んだってことに……。一体《いってえ》、これはどういうことなのかよ……」

達吉が信じられないといった顔をする。

ああ……、とおりきは目を閉じた。

胸が張り裂《さ》けそうである。

おりきが胸を押さえ、蒼白《そうはく》な顔をして立ち上がる。

そうして、覚束《おぼつか》ない足取りでふらふらと板場側の障子を開け、水口へと向かう。

「女将さん、どちらへ？」

「女将さん！」

おりきは二人の呼びかけを振り切り、何かに憑《つ》かれたように中庭へと出て行った。

中庭の枝垂《しだ》れ桜が、春風にはらはらと花弁《はなびら》を散らしている。

それは哀惜《あいせき》の念をより一層搔き立てるかのようで、おりきは重い脚を一歩、また一歩と藤棚《ふじだな》のほうへと進めていった。

幸右衛門《こうえもん》さま……。

先代女将から跡《あと》を引き継ぎ、おりきが二代目女将になってから今日まで、どれだけ幸右衛門がおりきの力になってくれたことか……。

幸右衛門はおりきの心の支えでもあったのである。

それは、達吉や亀蔵、近江屋《おうみや》忠助《ただすけ》の支えとはまた違ったもので、幸右衛門はおりきを一人の女ごとして見守っていてくれたのだった。

正な話、幸右衛門から嘗《かつ》て二度ほど求愛されたことがある。

が、おりきには先代から託された立場茶屋おりきを護るという使命があり、店衆一人一人の母としての責務《せきむ》があった。

それより何より、おりきは幸右衛門を父のように慕《した》ってきたのである。

その支えを失ってしまい、心にぽっかりと空隙《くうげき》が出来たようで何も考えることが出来ない。

涙も出ないのである。

途方《とほう》に暮れるというのは、まさにこのこと……。

これは、わたくしへの罰《ばつ》なのであろうか。

ほぼ同時期に、才造、とめ婆さん、幸右衛門を失ってしまったとは……。

罰だとしたら、わたくしの何が悪かったのでしょうか……。

おりきは蹌踉《よろ》めき、ふらふらとその場に蹲《うずくま》った。

その背を、そっと抱きかかえる腕……。

「女将さん、大丈夫《でぇじょうぶ》でやす。あっしがついてやすんで……」

巳之吉であった。

「巳之吉、わたくし……、わたくし……」

「いいんだ、泣きてェときには、泣けばいい！　あっしの胸に縋って泣いておくんなせえ……。女将さんはあっしが必ず護ってみせやすんで！」

「巳之吉……、本当に泣いてもよいのですね」

「ああ、構わねえ……。肩肘《かたひじ》を張ってばかりじゃ、いつかポキリと折れちまう」

巳之吉はまるで赤児《やや》を擦《さす》るかのように、おりきの背を擦り続けた。

その刹那《せつな》、少し強めの風が吹き、枝垂れ桜が狼狽えたように枝を顫わせた。

目の前で、身をくねるようにして花弁が舞っていく。

そうして、おりきの髷《まげ》もひらりひらりと花吹雪が包んでいった。

「女将さん、あっしがついてやす……」

巳之吉がそっと耳許《みみもと》で囁《ささや》く。

おりきの頰をつっと涙が伝った。

本書は、時代小説文庫（ハルキ文庫）の書き下ろし作品です。

時代小説文庫
い6-28

由縁《ゆかり》の月《つき》 立場茶屋《たてばぢゃや》おりき

著者 今井絵美子《いまいえみこ》
2015年3月18日第一刷発行

発行者 角川春樹

発行所 株式会社 角川春樹事務所
〒102-0074 東京都千代田区九段南2-1-30 イタリア文化会館

電話 03(3263)5247[編集] 03(3263)5881[営業]

印刷・製本 中央精版印刷株式会社

フォーマット・デザイン&シンボルマーク 芦澤泰偉

ISBN978-4-7584-3880-3 C0193
http://www.kadokawaharuki.co.jp/[営業]
fanmail@kadokawaharuki.co.jp[編集] ご意見・ご感想をお寄せください。

時代小説文庫

今井絵美子
母子燕《おやこつばめ》 出入師夢之丞覚書

書き下ろし

半井夢之丞は、深川の裏店で、ひたすらお家再興を願う母親とふたり暮らしをしている。亡き父が賄を受けた咎で藩を追われたのだ。鴨下道場で師範代を務める夢之丞には〝出入師〟という裏稼業があった。喧嘩や争い事を仲裁し、報酬を得ているのだ。そんなある日、呉服商の内儀から、昔の恋文をとり戻して欲しいという依頼を受けるが……。男と女のすれ違う切ない恋情を描く「昔の男」他全五篇を収録した連作時代小説の傑作。シリーズ、第一弾。

今井絵美子
星の契 出入師夢之丞覚書

書き下ろし

七夕の日、裏店の住人総出で井戸浚いをしているところに、伊勢崎町の熊伍親分がやって来た。夢之丞に、知恵を拝借したいという。二年前に行方不明になった商家の娘・真琴が、溺死体で見つかったのだが、咽喉の皮一枚残して、首が斬られていたのだ。一方、今度は水茶屋の茶汲女が消えた。二つの事件は、つながっているのか？（「星の契」）。親子、男女の愛情と市井に生きる人々の人情を、細やかに粋に描き切る連作シリーズ、第二弾。

時代小説文庫

今井絵美子
鷺の墓
書き下ろし

藩主の腹違いの弟・松之助警護の任についた保坂市之進は、周囲の見せる困惑と好奇の色に苛立っていた。保坂家にまつわる因縁めいた何かを感じた市之進だったが……(「鷺の墓」)。瀬戸内の一藩を舞台に繰り広げられる人間模様を描き上げる連作時代小説。「一編ずつ丹精を凝らした花のような作品は、香り高いリリシズムに溢れ、登場人物の日常の言動が、哲学的なリアリティとなって心の重要な要素のように読者の胸に嵌め込まれてくる」と森村誠一氏絶賛の書き下ろし時代小説!

今井絵美子
雀のお宿
書き下ろし

山の侘び寺で穏やかな生活を送っている白雀尼にはかつて、真島隼人という慕い人がいた。が、隼人の二年余りの江戸遊学が二人の運命を狂わせる……。心に秘やかな思いを抱えて生きる女性の意地と優しさ、人生の深淵を描く表題作ほか、武家社会に生きる人間のやるせなさ、愛しさが静かに強く胸を打つ全五編。前作『鷺の墓』で「時代小説の超新星の登場」であると森村誠一氏に絶賛された著者による傑作時代小説シリーズ、第二弾。

(解説・結城信孝)

時代小説文庫

今井絵美子 美作の風

津山藩士の生瀬圭吾は、家格をおとしてまでも一緒になった妻・美音と母親の三人で、つつましくも平穏な暮らしを送っていた。しかしそんなある日、城代家老から、年貢収納の貫徹を補佐するように言われる。不作に加えて年貢加増で百姓の不満が高まる懸念があったのだ。山中一揆の渦に巻き込まれた圭吾は、さまざまな苦難に立ち向かいながら、人間の誇りと愛する者を守るために闘うが……。市井に生きる人々の祈りと夢を描き切る、感涙の傑作時代小説。

(解説・細谷正充)

今井絵美子 蘇鉄の女(ひと)

化政文化華やかりし頃、瀬戸内の湊町・尾道で、花鳥風月を生涯描き続けた平田玉蘊(ぎょくうん)。楚々とした美人で、一見儚げに見えながら、実は芯の強い蘇鉄のような女性。頼山陽と運命的に出会い、お互いに惹かれ合うが、添い遂げることは出来なかった……。激しい情熱を内に秘め、決して挫けることなく毅然と、自らの道を追い求めた玉蘊を、丹念にかつ鮮烈に描いた、気鋭の時代小説作家によるデビュー作、待望の文庫化。